Volker Keßling

DAS SKELETT UNTER DEM MARKTPLATZ

Legenden aus der Weberglockenstadt

Inhalt

Das Odinsiegel –
eine Kriminalgeschichte 05

Die Weberglocken-Legende 47

Andreas oder das Findelkind
von der Brandmühle 68

Das Geheimnis der Terrakotten 102

Der heilige Georg im Smartphon..................... 113

Der Fischer Fluch 123

DAS ODINSIEGEL – EINE KRIMINALGESCHICHTE

Von Zeit zu Zeit gräbt der Mensch tief in seiner Geschichte, so auch vor Zeiten unter unserem Marktplatz. In der Erde nämlich liegt verborgen, was dann doch irgendwann ans Licht kommt.

» Marktplatz Neubrandenburg

Hunderte Jahre mag ein Ereignis zurückliegen. Vielleicht ist es wenigstens um die fünfhundert her oder mehr? Wer will das genau bestimmen?
Mitten in unserer Stadt geschah ein Mord!
Nein, nein. Wir wissen nicht, ob wirklich ein Mord geschah, vielleicht ein Unglück, tragische Verstrickung?
Allerdings: Ein Skelett liegt im Erdboden, eingestampft im Keller eines Wohnhauses?

Was ist denn davon zu halten?
Nun der Reihe nach:
Ich ging eben am Marktplatz vorüber. Dort schaute ich neugierig, wie ich das täglich tue, in das Ausgrabungsfeld. Einige Meter tief liegen die Spuren unserer Historie. Ich sah Fundamente aus groben Findlingen, einen verfallenen Kastenbrunnen, Reste unglaublich eng gepflasterter Gassen, Steinhaufen, zwischen denen jetzt Erdreich durchgesiebt wurde.
In einem Erdloch von Fußballfeldgröße unter unserem Marktplatz hockten Ausgräber, buddelten, siebten und schabten sorgsam in der Tiefe unserer Vergangenheit.
Eine glatte Fläche, wenige Meter im Quadrat, begrenzt von Findlingen, fesselte eben aller Aufmerksamkeit. Ein Kellerloch aus glatt gestampftem Lehmboden?
Ausgräber und einige Beobachter beugten sich über die flache Mulde. Ein Schädel, ja wirklich ein Schädel, ragte aus dem Lehm, bräunliche Gebeine wurden eben frei gespachtelt!
Ein Grab?
Nein, das ist kaum möglich, denn sicher bin ich mir! Verstorbene zu bestatten, war in allen Zeiten und allen Kulturen mit religiösem Bedacht geschehen, kultvoll, kulturvoll unbedingt, auch wenn im Norden nach Beerdigungen gelegentlich gesagt wird: Wir haben den Toten „verstökt“.

» Das Grabungsfeld: sichtbare Vergangenheit...

In einem Kellerloch aber zwischen Fässern und Krügen, eingelagertem Obst, Kartoffeln und allerhand aufhebbarem Zeugs. Nein, nein, das ist auch seinerzeit bestimmt nicht üblich gewesen.
Verstorbene wurden mit dem Segen von Priestern nahe der Kirche auf einem Gottesacker beigesetzt, damit sie keinen so weiten Weg ins Himmelreich hätten. Das galt wohl für jedermann, oder?
Diese Menschenknochen in dem archäologischen Ausgrabungsfeld unter unserem Markt jedenfalls liegen in festgestampftem Lehmboden des Kellers. Und der Keller befand sich unter einem ärmlichen Haus, Katen genannt.
Wie wir wissen, waren die Häuschen strohgedeckt, gänzlich aus Holz, verrußt vom Kamin, eng, dunkel, ausgefüllt mit Arbeitszeug und gelegentlich Ungeziefer. Je nach Reichtum der Leute bauten sie Einpottkaten, Zweipottkaten, Dreipott…, wie sie genannt wurden. In unserem Fall, das Haus eines Stellmachers oder Wagners, Zweipott groß. Eisenteile, Werkzeugreste jedenfalls deuten darauf hin, dass hier ein Stellmacher seinem Tagwerk nachgegangen war.
Die Gasse, in der das Haus stand, war nur wenige Meter breit. Kopfsteinpflasterwege aus sehr kleinen Steinen zeigen noch heute, wie eng und stickig es zuging.

» Freigelegte Mauerreste

Eine Abwasserrinne aus unbehauenen kleinen Findlingen, wie sie im Norden auf jedem Feld scheinbar aus der Erde wachsen, verläuft mitten auf der Gasse.
Unter einem lütten Zweipott-Katen, wie der Grundriss andeutet, ein Kellerloch – und dort eingebettet also eine Leiche!
Was um alles in der Welt ist davon nun zu halten?
In einem Keller festgestampft im Erdreich Überreste, eine sterbliche Hülle?

» Wer ruht da in der Erde?

Ein Frauenskelett sei es zweifellos, hörte ich, an die fünfhundert Jahre alt gewiss, da es in dieser Erdschicht liegt. Vermutlich war die Tote eine junge Frau, blond, wie Haarreste zu belegen scheinen. Teile von Werkzeugen weisen auf einen Handwerksbetrieb im Haus. Mit klopfendem Herzen trat ich näher. Mich zog es geradezu in den Bann des unerhörten Ereignisses. Vor Jahrhunderten war hier Gruseliges geschehen. Etwas, was uns heute noch erschüttert. Mord an einem Mädchen in einem dämmrigen verrußten Katen?

Vor meinen Augen sah ich in der Handwerkergasse nahe dem Treptower Tor Schreckliches.
Meine inneren Bilder verfolgten ein junges Mädchen, stolz, sich kaum abwendend vor den Blicken bewundernder Jünglinge. Sie ging ein wenig kokett dahin. Eine solche aufblühende Schönheit blieb der Männerwelt bis zum Großvater gewiss nicht verborgen!
Sie trug eben ein langes graues Leinenkleid, dessen Saum fast in Schmutz und Unrat der Gasse schleifte. Flink stieg sie mit ihrem fest in die Taille gedrückten Korb Wäsche die Stufen zu einem Katen hinauf. Eine Wäscherin also.
Gerade schlüpfte die Dirn durch das dämmrige Türloch, als mir war, als finge ich einen Blick aus ihren leuchtend blauen Augen auf.
Ich könnte schwören, ihr Blick gälte mir! Umspielte nicht ihren Mund ein Lächeln?
Eine junge Magd. Ach was?
Eine Schönheit, die Anmut in Person! Ein Märchenbild.

Fantasierend fingen mich Maid und Gasse, zogen mich in ihre Geschichte…?
Blieb ich in ihrem Blick nur, wie es uns bei manchem Bild widerfährt. Man entkommt den Augen nicht, egal ob man rechts oder links des Bildes geht.
Und hier?
Da liegt sie nun in feuchtem Lehm, schlank, mit dichtem blondem Haar. Ein Kind nordischer Landen.
Was geschah in dem Haus, in der Kammer im Halbdunkel?
Da werkelt ein Handwerkergeselle, ein Stellmacher mit Beilen und Messern… Ich versank tief in vorgestelltem Entsetzen. In mir schrie etwas: Halt ein, halt ein…!
Dann vernahm ich gar eine Stimme ganz in meiner Nähe: „Was fuchteln Sie mit den Armen, gehen Sie zur Seite, bitte!“
Aus schrecklichstem Tagtraum riss mich im Augenblick diese Stimme zurück in unseren Tag.
Es brauchte einiges, ehe ich gewahr wurde, dass neben mir der an einem Jägerhütchen kenntliche Direktor des örtlichen Museums stand.
Wie von einem verlöschenden Bildschirm verflogen meine Schreckensbilder. Ich stand leicht benommen in unserer lärmenden Zeit.
In der kalten Erde lag sie vor mir, die schöne Trina.
Ja, Trina!

Plötzlich wusste ich ihren Namen, schon als ich noch an ihrem geheimen Grab stand.
Fragen Sie mich nicht, woher ich ihren Namen wusste? Er war mir im Sinn, zugeflogen, zugeraunt? So war das.
Bei meiner Seel', so ist's gewesen!
Aber hören Sie weiter:
Es ist meine Art, überall zur Erinnerung Steinchen aufzuheben. Sei es vom Meeresstrand, im felsigen Gebirge, in flachem Land. Von überall trage ich Steine nach Hause in meine Studierstube. Nehme ich diesen oder jenen später einmal in die Hand, erinnere ich mich der Reisen, als reiste ich augenblicklich erneut in Orte meiner Wahl. „Gehen Sie weiter, bitte", hörte ich wieder die Stimme.
Ich beugte mich hinab, nahm ein kleines flaches Steinchen, das eben am Grabesrand vor meinen Füßen lag, ging und trug so eine lange, lange vergessene und traurige Geschichte zu mir ins Haus. Das Steinchen sollte ein schreckliches Schicksal mit nächtlichen Traumbildern fortan in den Horizont meiner Erinnerungen einschließen.

Der Stein vom Grabesrand, ein Runenstein?

Der Stein nämlich, den ich unmittelbar neben der Ausgrabung beiläufig aufhob, zeigt deutlich eingeritzte Linien! Er ist etwa so groß wie ein flacher Radiergummi. Es scheint, eine Art Feuerstein zu sein, der obenauf Ritzungen zeigt, die wirklich und wahrhaftig bekannten Runen gleichen.
Runen sind oft in Stein geritzte, geheimnisvolle Zeichen. Schriftzeichen längst vergangener nordischer Kultur.

Wissenschaftler sagen, es sei vom zweiten bis zum dreizehnten Jahrhundert üblich gewesen, Runen zu schreiben. In nordischen Ländern auch noch später. Oft schrieb, nun ja, kratzte man eckig auf Buchenholzstäbchen Zeichen zur Verständigung.
Unser Wort Buchstabe findet so seinen Sinn.
Runen entdecken wir heute in manchen Ländern vor allem in Stein geritzt, seltener auf Waffen, kaum auf Holzresten. Die sind lange schon zu Erde vergangen.
An geheimnisvollen Opferstätten oder auch Hinrichtungsplätzen, in Mooren, findet der Archäologe runenverzierte Reste aus vergangener Zeit, die er zu deuten versteht.
Das Wort Rune, so sagen Wissenschaftler, hängt zusammen mit den Worten Zeichen, Geheimnis,

Geflüster, Raunen, etwas Geheimnisvolles zuraunen. Nun, eben davon kann ich eine unerhörte Geschichte erzählen!
Stellen Sie sich vor: Wenn es des Nachts im Hause flüstert, klopft, irgendwie rumort, ohne dass Sie ergründen könnten, wer oder was da in ihre Welt zu treten versucht!
Wenn sogar der PC unvermittelt beginnt, eigenartige Zeichen abzubilden…
Glauben Sie mir. Unerhörtes habe ich erlebt!
Zuvor aber noch: Geschrieben wurden die Runen mal von rechts, mal von links, sogar auf dem Kopf stehend (Sturzrunen). Die Zeilen liefen nicht selten, wie der Ochse beim Pflügen wendet, mal von links nach rechts und dann zurück von rechts nach links.
Goten, Germanen, überhaupt nordische Völker, auch Slawen pflegten eine Runenschrift.
An einzelnen Häusern unserer Stadt finden sich auch heute nachgebildete Runen von einem Künstler unserer Zeit.

Aber weiter!
Eben stand ich noch am Grab eines Mädchens. Dann finde ich an der Stätte, wo das Skelett lagert, einen seltsam gezeichneten Stein! Es melden sich Stimmen, Bilder! Wer oder was um alles in der Welt raunt mir insgeheim etwas zu?

Mein Stein fühlt sich seltsam warm an, gleichsam, als sei er lebendig. Zufall?
Nennen wir die Ritzungen auf diesem Stück also Schriftzüge, wenn wir uns einig sind, dass diese Rillen wirklich Mitteilung geben. Die Rillen ähneln doch sehr denen, die ich auf einem Stein in Südschweden sah. Er wurde in einem Ort namens Rök gefunden und soll aus dem neunten Jahrhundert stammen. So las ich es auf meiner Reise in den Norden.
Mein Steinchen könnte ein handliches Bruchstück, vielleicht solch eines Runensteines, sein? Oder ist es etwa ein Siegel? Einem handlichen Siegel ähnlich wäre es. Solche sind in manchem Museum zu finden.
Was heute ein Stempel ist, war seinerzeit ein Siegel. Er gab die Gewähr einer würdigen Macht, gab Schutz, Sicherheit – wie auch immer.
Im Lexikon heißt es: „Runen wurden vor allem für Inschriften zum Gedenken an Verstorbene oder an besondere Ereignisse, zur Weihe oder zum Verschenken von Gegenständen, als Besitzangaben und als Münzinschriften verwendet".
Merken Sie etwas: Zum Gedenken an Verstorbene…!
Wer hat unseres armen ermordeten Mädchens so innig gedacht, dass er oder sie ein solches Zeichen im Grab hinterließ? Ein Mörder doch sicher nicht. Oder?

Ist der Stein ein Siegel? Ist er gar ein Geldwert?
Es war zu manchen Zeiten jedenfalls üblich, Verstorbenen ein Stück Geld mitzugeben, damit sie den Fährmann bei der Überfahrt ins Reich der Toten bezahlen könnten.
Die Größe eines Geldstückes hätte das Steinchen.
Wenn ich den eingeritzten Kerbungen folge und diese mit einem Runenalphabet vergleiche, so ist wenigstens ein Buchstabe darauf zu sehen, der dem Zeichen für „W“wie Wodan oder auch Odin in der Runenschrift entsprechen könnte. Er ist zwar kantig geritzt wie ein Wimpel, aber wirklich ähnlich einem P, übertrüge ich die Ritzung in Zeichen unseres heutigen Alphabetes.
Ein derber Querstrich ist über den Stein gezogen.
Hat jemand das W, das für Wodan wie für Odin stehen könnte (!) durchgestrichen, um aus Rache dem Opfer jeden Segen noch über den Tod hinaus zu nehmen, gar den Weg in ihren Himmel zu versperren?
Durchgeritzt? Nein, das glaube ich nicht. Es kratzt sich nicht so leicht in einen Feuerstein.
Versuchen Sie es einmal. Sie werden merken, mit gewöhnlicher Kratzerei ist das nicht zu schaffen.
Da braucht es schon ein Messer.
War eine göttliche Kraft oder ein gespenstisches Wesen am Werke?
Für uns aufgeklärte Zeitgenossen kaum vorstellbar.

Fragen über Fragen! Ich verlor mich bald in wilden, bis in ein Jenseits reichende Spekulationen, wo es doch aber hier nur um ein armes ermordetes Mädchen geht. Wieso eigentlich ermordet? Entspringt mein Mordgedanke nicht vielleicht eher unserem fernsehgesättigten Alltagsbild?
Nun gut. Was geschah vor hunderten von Jahren an Ort und Stelle?
Das wird zu ergründen sein.

Wodan und Odin jedenfalls, so ist in Büchern oder im PC zu lesen, das sind Namen für ein und dieselbe Person heidnischen Götterglaubens nordischer Vorfahren. Der höchste Gott aller nordischen Völker, Odin oder eben Wodan, regierte im Himmelreich Asgard. Er galt als kämpferischer, erdgebundener Gott, ein Krieger. Die Krieger glaubten seinerzeit, dass des Nachts ihre gefallenen Helden (davon hatten sie in unruhigen Zeiten die Masse!) mit dem von Sternen gebildeten Großen Wagen auf der Milchstraße entlang in das Reich immerwährender Freuden fahren.
Gewiss bot Odin seinem Glaubensvolk auch Schutz und Segen. So ist es das Amt einer Gottheit.

Wer raunt da?

Ich weiß, ich weiß, es klingt mehr als unwahrscheinlich, was nun folgte. Manch dröger Zeitgenosse wird meine Worte Spinnerei nennen.
Kurz und gut, und weiter im Text:
Ich trug also den kleinen Stein vom Ausgrabungsort nach Hause, legte ihn dort zu anderen Steinen von meinen Reisen.
Als ich nun den Stein hinlegte, spürte ich da nicht so etwas wie Energie, Strom in den Fingern, ein Zupfen oder Summen?
Legen Sie einmal einen Grashalm auf einen Elektrozaun, den ein Bauer um seine Weide gezogen hat. Sie werden ein leichtes Ziehen und Krampfen spüren. So ähnlich war das.
Dann spürte ich ein Pochen. Leise, schwach, wie es vielleicht zu merken ist, wenn Sie sich selber den Puls fühlen. Soweit bekannt. Oder?
Will mir der Stein etwas erzählen? Stein gewordene Geschichte?
Na, das klingt wohl arg spinnig.
Obwohl, bedenke ich es recht, wenn ein Stein irgendwo liegt, dann ist er irgendwann dorthin gekommen. Wodurch oder gar durch wen (?) ist er dahin gekommen?
Er ist an der Stelle doch nicht entstanden?
Steine haben eine Vergangenheit, Millionen Jahre währende Geschichte. War der Stein durch

Menschenhände gegangen? Ist er eine Spur wie sie von Kriminalisten aufgesammelt wird, ein Beweismittel?

Mein kleiner schwärzlicher Stein ist warm, ganz bestimmt wärmer, als es Steine gemeinhin sind.

Unfug, sage ich mir sogleich. Der Stein ist nur warm, weil er in meiner Hosentasche steckte, und die Wärme suggeriert mir jetzt etwas, spielt meinem verwirrten Gehirn etwas vor.

Ich setzte mich dann erstmal zur Beruhigung in meinen bequemen Sessel, Mittagszeit.

Ich schloss die Augen, denn anders als wohl die meisten Menschen, schlafe ich in der Mittagsstunde gern etwas vor und nicht nach dem Essen.

Ruhe fand ich allerdings heute nicht.

Ich sah die Grube, das Skelett, hell in der dunklen Erde den Stein.

Leuchtete der Stein nicht etwas, heller jedenfalls als Erde oder irgendwelche Dinge in der Umgebung? Ein Licht?

In alter Zeit aber gab es nur das Licht des Feuers, der Sonne, des Mondes und der Sterne.

Gibt es uns unheimliches magisches Licht, flackernde Flammen in Mooren, phosphorleuchtende Holzreste im Wald, gar brennende Sträucher, Leuchtkäfer? Man hört davon, kann davon lesen und mit Glück selten einmal sehen!

Eigenartig war, in meinen vorgestellten Halbschlafbildern vom Ausgrabungsort buddelten eben keine Ausgräber, keine Menschen weit und breit. Es gab auch keine moderne heutige Stadt rundum, mit Fahrzeuglärm, Hotel, Kulturhaus, Einkaufszentrum und hohem Turm neben dem Marktplatz, kein Ausgrabungsfeld!

Plötzlich sah ich mich mit dem toten Kind und dem Stein in meiner Hand in eine um Jahrhunderte zurückliegende Vergangenheit zwischen verwitterten Holzhäuschen versetzt.

Es roch. Ja, ja, glauben Sie mir. Ich roch, ich sah! Es roch nach Holzfeuer und nach verbranntem Torf in der Gasse! Na ja, roch ist vielleicht geschmeichelt, denn es stank, stank für heutige Nasen ganz jämmerlich, als wären alle Jauchegruben von Mensch und Tier in die grob steingepflasterte Gasse geschüttet worden. Stickig war es, dumpf, verqualmt, dämmrig und still.

Für Augenblicke tagträumend führte mich irgendeine geheimnisvolle Zeitmaschine.

Endlich erhob ich mich kopfschüttelnd aus Sessel und Traum. An Schlaf war ja nicht zu denken bei solch erhitztem Gemüt.

Vor dem Schreibtisch stehend, betrachtete ich verwundert immer wieder den Stein.

Sie müssen wissen, mein Schreibtisch steht unter dem Fenster, auf ihm PC und Drucker. Nahe dem Fenster im Licht fiel mir auf: Es sind nicht nur Runenzeichen auf dem Stein. Auf der Rückseite, etwas schwächer eingegraben, ist ein Kreuz.

Unerhört! Ein christliches Kreuz auf einem Runenstein, wenn auch auf der Rückseite, schwächer ausgeprägt und in der Form einer Sturzrune. Das ist doch völlig unmöglich!
Die nachgesagte Kraft jeglicher Religion müsste den Stein zerspalten, wären zwei gegeneinander streitende Religionen auf ihm verewigt! Gerade in einer Zeit religiöser Kämpfe, Vormarsch des Christentums, beginnendem Aufbegehren, gar Krieg!
Nein, nein zwei Religionen friedlich vereint auf einem Beleg?
Das hat die geplagte Menschheit bis heute nicht vollbracht, allein in den Köpfen des Landvolkes leben insgeheim der Väter Erbe friedlich vereint.
Forscher schreiben: Solange es im Norden Menschen gab, galt Odin, galt Wodan dem einen Triglaw oder Christus, als neuer Gott, dem anderen.
In den fraglichen Jahren aber überzog die aus dem Süden vordringende Religion der Christen mit ihrem gütigen Heiland Jesus Christus die europäischen Länder. Sie obsiegte schließlich, etwa vom neunten Jahrhundert an, und vermengte sich mehr oder weniger auch nördlich und östlich der Elbe mit hier lebendigen Bräuchen.
Wie es der Herzog mit seiner Bekehrung zum Christentum bezeugte, war fortan für jedermann eine Religion angeordnet.

Auf vormaligen Opferplätzen errichtete das Volk nun himmelhohe backsteinerne Kirchen. Nicht mehr eichenumstandene Kultplätze, Kreuze beherrschten in den folgenden Jahren das Bild mit dem festgenagelten leidenden Christus.
Heute stehen hier und da allein noch die über tausend Jahre alten Eichen als Zeugen nordischen oder auch slawischen religiösen Lebens.
Kurz und gar nicht gut: Eine neue Religion, obwohl eine der Liebe und des Friedens, gebärdete sich in nicht geringer böser Leidenschaft.
In jene Zeit hineingeboren, müssen wir uns Trina denken. Vom Vater Odin geweiht, von der Großmutter den slawischen Göttern und der Mutter zögerlich dem neuen Christus.
Ein schönes Kind, ein fröhliches Kind unserer eben wachsenden Stadt.
Hohe wie stabile Stadtmauern, die heute noch fast unversehrt stehen, standen zu errichten zum Schutze des Volkes. Vier schmucke Tore kündeten bald von Zier und sattem Vermögen der Stadt.
Das alles liegt nun einiges mehr als siebenhundert Jahre im Dämmerlicht unserer Geschichte in der Erde verschüttet unter unseren Füßen.
Zurück aber nun zum Stein in meiner Hand.
Wie ich so stehe, mit einer Lupe die Zeichnung betrachte, den Feuerstein hin und her wende, beginnt doch plötzlich mein PC aufzuleuchten, und wie bei einem Neustart leuchten helle

Zahlen- und Buchstabenfolgen über schwarzem Grund. Ich schwöre, bei welcher Macht auch immer, den PC nicht angerührt, gar nicht berührt zu haben. Ehrenwort! Ich wendete nur den Stein hin und her! Und schon liefen helle Zeichenreihen über den Schirm. Was da aufleuchtete, das waren nicht die Zeichenfolgen einer Installation. Nein, nein, es waren Runenzeichen ähnlich derer auf dem Stein in meiner Hand.

Man sieht dann ja verwundert zweimal hin, dreimal, reibt sich die Augen, schüttelt auch ungläubig den Kopf, wechselt die Lesebrille…

Aber es laufen Runen über den PC! Kein Zweifel! Schließlich wende ich mich kopfschüttelnd ab, gehe mit dem Stein noch in der Hand ein Stück durch das Zimmer. Plötzlich erlischt der Monitor.

Nun halte ich den Stein auf der flachen Hand vor mir gestreckt und gehe langsam auf meinen Computer zu. In einer Entfernung von einem Meter etwa, beginnen wieder Runenzeichen über den Schirm zu laufen. Ziehe ich die Hand etwas zurück, erlischt der Spuk erneut.

Ich spiele einige Male mit dem unerhörten Phänomen, und immer laufen Runenbilder, wenn ich so zwei Armlängen ungefähr entfernt den Stein halte! Aber, ich schwöre das! Mein PC ist nicht eingeschaltet!

Nein, nein wirklich nicht. Ich hatte ihn gar nicht angefasst. Ich könnt das beeiden.

Es ist die Wahrheit und nichts als die Wahrheit. So wahr ich hier stehe, sagt man wohl, in Erinnerung an Herrn Luther.

Endlich ergreife ich den Stier bei den Hörnern. Wollen doch mal sehen, was es mit dem PC und dem Stein auf sich hat.

Ich drücke auf den Startknopf, gelbe und grüne Lichter beginnen zu leuchten.

Ich nehme den „Arbeitsplatz“. Dort klicke ich aber zuerst auf „Speichern“. Vielleicht kann ich so die geisterhafte Schrift festhalten. Dann nehme ich von der unteren Leiste „Sprachen“ aus einem Schreibprogramm und markiere „Sprache automatisch erkennen“ und „Ausgewählten Text markieren“.

Wer etwas von Funktionen eines PC versteht, wird sich nun die Haare raufen.

Eine so dilettantisch umher huschende Maus kann gar nichts erbringen!

Das ist schon elektronisch oder irgendwie technisch vollkommen unmöglich!

Könnten aber nicht, frage ich mich, aus ungewöhnlichen Verbindungen ungewöhnliche Effekte wachsen, die scheinbar jeder technischen Vernunft widersprechen? Denken Sie an den Flug der Hummel, der theoretisch gar nicht möglich wäre. Aber sie fliegt unbekümmert!

Ich wiederhole gespannt meine Übung. Mal sehen, was geschieht.

Zuerst leuchtet ein weißer Regenschirm auf

rotem Grund und dazu der Text: Aviva A-V Warnung: Ein nicht identifizierbarer Wurm im Programm!

Da haben wir den Salat! Von wegen Runen, Würmer, Viren, Trojaner, so'n Schiet.

Halt, halt sage ich mir nach kurzer Besinnung! Und wenn es eine Würmerarmee oder Armee von Trojanern wäre. Ich bin naiv genug und neugierig über die Maßen, das Unmögliche weiter zu probieren.

Ich klicke auf „Übersetzen", und wieder erscheint die Warnung vor einem Wurm. So geht das Spielchen eine Weile.

Endlich nehme ich meinen (!) Runenstein wieder in die Hand und klicke auf „Programm beenden".

Und, was geschieht?

Auf dem Schirm erscheint ein Text unter dem Titel: Die traurig Geschicht der liebreizend Trina.

Schnell lege ich den Stein vor dem Monitor ab, wende keinen Blick vom Bild und angele mir mit dem Fuß den Schreibtischstuhl heran.

In dem Augenblick aber, in dem ich den Stein aus der Hand legte, erlöschen alle Schriftzeichen.

Ich greife eilig nach meinem steinernen Zeugen der Vergangenheit, und die Schrift kehrt zurück auf den Schirm. Jetzt setze ich mich, lasse keinen Blick vom Bildschirm. Mein Herz klopft heftig. Ich beginne zu entziffern:

„…in einer nordweit hölzern wohnstadt ward trina geboren. name ist dreiheit
geheißen, an schönheit, sanftmut, klugheit. ihr vater zur See fuhr allzeit bis Czudo morskoje
ihn nahm.
mutter und trina wuchsen auf hanfwerder geheißen im urgroßmutter heim. allzeit
insel aber leer dann von reihern nur und kormoranen behaust flachen see. nahe einst
heiligtum war mit name rhetra, heiligtum wendischer rhedarier zerstöret und
niedergebrennet, des ebenso elfhundertfünfzig mit all Schätzen von Gold und
purpurleuchtend gottheiten in tempeln neun der zahl von heinrich dem löwen.
Stein gibo odin: talgida alu per fehu uruz ingwaz gibo dagaz…“

Dann versagte die Übersetzung, einzelne Bruchstücke in Linien eingefasster Runen erschienen, manche fremden Worte. Die Schriften wurden blasser, verschwanden und tauchten wieder auf. Es schien, als sei der Vorgang von einer Batterie gespeist, deren Energie langsam verlischt.
Nun gut.
Bleibt mir nur im folgenden Text Trinas Leben und Leid nachzuerzählen, wie einer früher wohl Legenden aus Bruchstücken berichteter Volkserinnerung reimte.

Einzelne Begriffe längst vergessener gemeingermanischer Sprachen, wie sie auf dem PC flackernd erscheinen, füge ich als Beleg hin und wieder ein. Der Text ist mühsam rekonstruiert, leider der lebendige Wortklang in den Weiten des Alls verklungen.
Ausdrücklich will ich mich aber an den Weg halten, den diese einzelnen Worte mir vorzuzeichnen scheinen:

Liebe in Zeiten der Schwarzgötterei

Vor langer, langer Zeit, heißt es, wurde ein Mädchen mit dem Namen Trina in einer Hütte geboren, (gibo, alu/geben, weihen). Sie galt als schönes Kind des Nordens, ganz nach dem Vater geraten, einem Seemann in Gestalt eines blonden Recken.
Trina wuchs auf zur Freude aller. Da kommt unser Sonnenschein, sagten die Leute, wenn sie Trinas ansichtig wurden, denn ihr Haar leuchtete wie eine Sonne (sowulo) und ihre Kinderaugen strahlten jedem Licht (dagaz/Tag oder täglich).
Im Schutz einer wasserumflossenen (laguz/See) Insel, Hanfwerder genennet, wuchs Trina auf.
Mutter und Urgroßmutter behüteten ihr Glückskind. Mit dem Segen Odins (ingwaz/Gott), wie es die Urgroßmutter, eine alte Redarierin, beschwor,

soll sie aufwachsen. Ein steinerner Talisman, den sie mit einem Hanfbändchen über der Wiege Trinas vom ersten Tag an aufhängte, nämlich trägt das Siegel des Gottes Odin (ingwaz talgida/Gott schnitzte?).

Dieses heilige Zeugnis war das Einzige, was der kleinen Trina von ihrem Vater geblieben war.

Auf einer letzten Fahrt in die eisigen Nordmeere geriet ihr Schiff in Not (naudiz/Not).

Im Sturm unter haushohe Wellen sank es mit Mann und Maus. Mancher sagte, weil sie (mann/Mensch) einen solchen Stein nicht bei sich gehabt, sei die Hilfe Odins ausgeblieben und sie alle seien zu Czudo morskoje, dem Meeresgott, gesunken.

Trina trug nun den heiligen Stein am Bändchen und wuchs zahllosen Kinderkrankheiten trotzend bestens heran. Je mehr sie an Gestalt vollkommen geriet, umso mehr trafen sie bewundernde Blicke ob ihrer Anmut.

Nun, wie das im Leben so geht.

Trinas Urgroßmutter starb eines Tages dahin.

Mutter und Trina mussten eines Geldes wegen in die nahe Stadt ziehen, sich dort zu verdingen.

Es war Winter, der Tollensesee tief gefroren. Sie zogen mit einem Fuhrwerk, das eben den gleichen Weg nahm, über das Eis (isan/Eis) zur weit schon sichtbaren Stadt. Ein freundlicher Fuhrmann half ihnen gern, nahm auch kaum Fuhrlohn,

denn Trina zu sehen, mit ihr den Kutschbock zu teilen, schien jedermann ein Geschenk des Himmels (wunjo/Wonne).
Unsere zwei, Mutter und Tochter, fanden Quartier in der Zweipottkate eines hiesigen Stellmachers. Zweipottkate sagten die Leut, denn das Häuschen hatte zwei Zimmer über einem Kellerloch. Die Schlafkammern im Giebel nicht gerechnet.
Tag für Tag gingen beide Frauen schmutzige Wäsche sammeln und saubere liefern.
Ihr Fleiß brachte ihnen manch gutes Jahr (jeran/gutes Jahr).
Zudem lebte es sich für Trina im Haus des Stellmachers wohl, denn zwei Söhne der Meisterin im gleichen Alter waren beste Gespielen für sie.
Der Meisterin Herz ward bald Trina aufgetan. Sie liebte das fleißige Mädchen, als sei diese ihre leibhaftige Tochter.
Wie heute manches Kind in die Christenlehre geht, gingen Trina und die Jungs mit allen Kindern des Sonntags in die Kirche, Gott zu dienen (tiwaz oder teiwaz/Himmelsgott).
Dort begab es sich, dass eines Sommertags einem Priester der Stein am Bändchen um Trinas Hals in die Augen fiel.
„Was trägst du da, mein Kind?" fragte der Priester.
„Es ist eine Erinnerung an meinen Vater, der bei Czudo morskoje ruht", antwortete das Mädchen folgsam. „So, so", erwiderte der Pastor und ließ es

für den Augenblick gut sein. Trinas Mutter aber, als diese im Pfarrhaus nach Wäsche fragte, hielt der Priester harsche Worte von Schwarzgötterei vor, dass es eine Art hatte.

Es hagele auf sie bald jegliches Unglück, (haglaz/ Hagel) wenn sie dem Kind heidnische Gottheiten über dem Herzen zu tragen erlaube oder gar auferlege, deshalben habe sie den Stein zu nehmen und zu zerschlagen, wenn nicht Gottes Zorn auf sie niederfahren soll!

Da war guter Rat teuer. Der einzig nun waltende Gott war vom Herzog angeordnet. Dem galt es, sich zu fügen.

Schweren Herzens nahm sie Trina den Stein. Beide weinten darob, Trina, weil ihr ohne den Stein so kalt wurde, und ihre Mutter in Erinnerung an ihren guten Mann, der auf dem Grunde des Meeres ruhte.

Fortan betete das Kind des Sonntags in der Kirche zum neuen Gott am Kreuz, dessen Mutter Maria und Gottvater. In den Abendstunden erzählten Mutter und Tochter sich leise, was sie von der Urgroßmutter über Odin, Wodan oder Triglaw wussten.

Von Czudo morskoje, dem Beherrscher aller Meere, bei dem Trinas Vater aufgehoben sei. Von Nemisa, dem Rachegott, der zu fürchten ist, hörte Trina, aber auch von Lel und Did, den immer zu Streichen aufgelegten Schelmen, und

von der Gottheit der Liebe, Lado. Auch vom Eber mit goldenen Borsten, auf dem Freia ritt.
So begleiteten Trina all die unzähligen alten und neuen Götter (ingwaz/Gott), des Waldes, der Tiere (fehu/Vieh); uruz/Auerochs) und der Felder, der Seen und Meere, wie sie in den Träumen des Volkes fortlebten.
Zahllose Geschichten, aus slawischen und nordischen Mythen, hörte Trina.
Mutter, Trina und die Stellmachersleute lebten friedsam, sittsam und strebsam ihre gottgegebene Zeit.
Die Kinder im Haus wuchsen heran, Trina als Wäscherin, der älteste der Jungs, Hans, als Stellmacher. Er sollte das Geschäft vom Vater übernehmen und der zweite, Thomas, wirkte beim Jäger als Gehilfe.
Gut anzusehen sei Thomas, meinte Trina, der schicke Jägersmann im grünen Rock.
Bald also begann Amor, Pfeile zu schießen. Zahlreiche Verehrer unserer schönen Trina trafen kränkende bleierne Pfeile, manchen vorerst nur winzig kleine goldene Pfeile einer zarten Zuneigung.
In jenen Jahren aber ritt vom Süden her der schwarze Tod durch die Tore dieser Stadt. Pest schlich in Katen und Kammern.
Trinas Mutter, den Stellmachermeister samt Meisterin, raffte der Sensenmann dahin.

War es ein Wunder, war es der Schutz Odins? Alle drei Kinder überlebten, und nun blieb es an ihnen, Geschäfte weiter zu führen.
Trina weinte bitterlich auf dem Gottesacker am Grab ihrer Mutter, aber auch an den Gräbern derer, die sie Eltern genannt hatte.
Ein wenig leichter war ihr ums Herz, wenn der junge Jägersmann mit ihr am Grab verharrte.
„Soll ich Mutter den heiligen Stein auf das Grab legen", fragte Trina eines Tages Thomas, der mit ihr trauerte.
„Nein, nein", erwiderte dieser. „Wie soll er dir Schutz gewähren, (trina latu/Trinas gedeihen?) wenn er hier in der Erde liegt? Der Priester wird es zudem kaum dulden. Er wird darin ein (kaunan) Geschwür des Unglaubens oder eine Teufelei sehen".
So sprach er, beugte sich zu Trina hinab und band ihr den Stein wieder um ihren schlanken Hals. Als er dabei Trinas Schulter kurz berührte, war ihm als züngele ein leises kaum merkliches Feuer aus seinen Fingern.
Amor, der überall, wo Männlein und Weiblein traut beisammen sind, wacht, griff zu größeren goldenen Pfeilen und schoss. Thomas ergriff Trinas Hand, sie die seine, und beide erkannten sich bald (dottier wunjo/Tochter, Wonne).
Fortan wohnte in der dämmrigen Kate ihr geheimes Glück. Der neue Stellmachermeister

und Bruder, Hans, sah die zwei mit ein wenig Neid und Schmerz, denn er war einer jener zahlreichen Jünglinge, die vom bleiernen Pfeil Amors getroffen worden waren. Er beneidete seinen jüngeren Bruder, aber das baldige Bündnis von Rock und Fleisch blieb ihm als neuer Meister im eigenen Haus versagt. Wie das auch zahlreichen vernarrten Bürgern des Städtchens versagt blieb. Der gemeinen Wäscherin war nicht so leicht nahe zu kommen. Allenfalls griff einer im dämmrigen Hausflur nach Busen und Rock. Beim Abholen der Wäsche ihr aber an derselben zu fummeln, konnte Trina, flink sich wendend, entgehen. Tägliche Übung in kleinen wie in großen Häusern.

Das ging, solang es ging.

Trina, wenn sie ihren Berg Wäsche zum Trocknen in der Sonne (sowulo/Sonne) ausgebreitet hatte, sprang wie ein junges Reh in den nahen Wald. Sie wusste ihren Thomas dort, nahe dem See.

Im grünen Licht der Bäume suchten sie gemeinsam Honig von wilden Bienen, steckten Moos, Honigwaben und Früchte in Baumhöhlungen, damit die Geister des Waldes ihnen hold seien.

Sie sprangen des Sommers wohl auch in den See (laguz). Trina, sittsam von einem Strauch verdeckt, ein Stück entfernt von Thomas.

Beide entzündeten mit jungem Volk der Stadt Feuer auf Feldern und Höhen. Sie opferten dem fast vergessenen Kupalo erste Früchte der Ernte,

sangen und tanzten, sprangen über helle Feuer, durch die mancher Bauer auch sein Vieh trieb, um es nach altem Brauch zu reinigen und zu segnen.
Die einen nannten das Herbstfest Erntedank, die anderen Kupalniza.
Sprach das Volk von Kupalniza, schalt sie der Priester und drohte ihnen mit Verdammnis. „Derartig Bräuche sind des Teufels", monierte er.
Nannten sie genau den gleichen Tanz ums Feuer Erntedank, lobte sie der Herr Pfarrer und nannte sie rechte Christenmenschen.
Trina betete zu Odin, wie sie es von ihrer Urgroßmutter kannte. Er möge sie und ihren Thomas schützen. Und sie erinnerte sich an eine beängstigende Erzählung ihrer Urgroßmutter. Den Bewohnern am Tollensesee war nämlich überliefert, so hatte es die Urgroßmutter vor Zeiten erzählt, wenn Unglück oder Aufruhr drohe, steige ein riesiges Wildschwein (thurisaz fehu/etwa Riese, Tier) mit lichten Hauern aus dem See und wühle unbändig vor aller Augen im Schlamm.
Von Thomas wusste Trina, dass sich eben jetzt fette Wildschweine in großer Zahl nahe dem Brodaer Kloster am See in sumpfiger Niederung suhlten. Ob es sich bei den Wildschweinen um Gefährten des heiligen Gullinbursti, des Ebers mit goldenen Borsten aus nordischer Religion, handelte? Wer wollte das heute noch erklären?

» Sumpfige Landschaft in den Niederungen

Drohendes Unheil kündete sich wohl. Und im Volk, vor allem an Markttagen, ging die Kunde von Hexenfeuern um, Pest und andere Teufeleien zu wehren. „Die Hex mög smöken“ erklang hunderte Mal im Lande. Manches Weib starb in Flammen und fand schließlich Trost im Tod. Einzig das zweifelhafte Glück, vom Wärter gegen Zahlung erwürgt zu werden, bevor die Flammen ihren grausamen Schmerz entfachten, blieb als böser Trost. Gaffendes Volk liebte es, mit Erschaudern sich an viertelstündigem Schrei vom Scheiterhaufen zu ergötzen. Rohen Wärtern zu jedem Missbrauch ausgeliefert, vegetierten vermeintliche Hexen in kalten Mauern mit Ratten, Fledermäusen und Spinnengetier, Laus und Floh. Unsagbare Pein, auf Streckbrett, Nagelstuhl, spanischen Stiefeln und Daumenschrauben erlitten, gestand am Ende ein jeder mit dem Leibhaftigen im Gebuhle zu sein. Gab an, es getrieben zu haben mit dem Gehörnten, Mitternacht im Bündnis von Rock und Fleisch mit dem Teufel zu schwelgen.

Aber Leben wie Unheil gehen eigenen Schritt.

Eines warmen Spätsommertages begab es sich, dass Trina von der Arbeit auf der Bleek, wie die Bleichwiese im Norden genannt war, zu Thomas in den Wald lief.

„Komm zur Lichtung am See, dort können wir ein kleines Rehkitz beobachten“, hatte er gesagt, denn er kannte aller Tiere Kinderstuben im Wald. Trina, wie sie war, mit langer, nasser Arbeitsschürze, sprang über Wurzeln und Steine zum Wald als sei sie selbst ein Reh. Schon nahe der Lichtung erwartete sie Thomas.

Beide spannten Trinas Arbeitsschürze zwischen zwei Bäume. So konnte diese trocknen und zugleich als Versteck vor dem scheuen Rehwild dienen.

Für die Ricke unsichtbar hinter dem Tuch, sahen sie das Kitz ungestört beim Säugen. Unsichtbar für die Tiere blieb, dass Thomas und Trina sich hinter dem gespannten Tuch innig nahe wurden.

Wie das aber so geht: Einer der Mönche vom Kloster, der gerade im Walde von Penzlin kommend einherschritt, sah Thomas und Trina, erblickte das aufgespannte Tuch, bekreuzigte sich und schritt hastig weiter. Er wusste von heidnischem Brauch, Tücher zwischen Bäumen zu spannen und Odin im leicht geschaffenen Waldtempel zu huldigen. Da der Mönch Trina und Thomas umschlungen hinter dem Tuche erblickte, war ihm teuflisches Gebaren belegt.

Er fürchtete nichts weniger als den Beelzebub am Werk, bekreuzigte sich immer wieder und eilte schnaubend auf die, rettenden Mauern seines Klosters Broda zu.

Berichtet wurde: Es galt das eben Geschehene als Teufelswerk, Schwarzgötterei, dem Hexenwesen nicht fern. Beichtend und betend erklärte der Mönch seinen Brüdern, deutlich den Gehörnten gesehen zu haben und allein bei diesem Wort schon zu erbleichen.

Zu jener Zeit hatte des Bruders Stellmacherei eben gute Geschäfte mit dem Brodaer Kloster, wo Wagen und grobes Gestühl für das Gesinde zu erneuern war. Und so ergab es sich, dass einer der Mönche leutselig nach des Jägermannes und der Trinas Befinden fragte.

„Man sehe sie traut gelegentlich im nahen Forst".

„Die zwei turteln auf Weg und Steg", sagte Hans und fügte hinzu, dass er eigentlich als Ältester ein Recht auf den Rock gehabt hätte, „aber sei's drum."

„Der Herrgott wünscht in heiliger Ehe die traute Gemeinsamkeit", bestätigte der Klostermann.

„Eine heilige Ehe haben die zwei noch nicht beschlossen."

„So, so!" äußerte der Mönch.

Und so kam es eines unglücklichen Tages zur harten Anzeige. Stadtobere, vor allem die Herren Theologen, hätten dem unsittlichen Treiben ein Ende zu bereiten.

„Ob hier nicht der Beelzebub wirke, heidnischer Götterglaube verderbe, Unsittliches sich verbreite!", rief es aus dem Kloster.

Trina und Thomas wurden schließlich in Gewahrsam genommen, noch ehe ihnen klar wurde, dass sie im Lande Flucht, gar Unterschlupf hätten finden können. In einem Hexenkeller, angesichts schrecklicher Folterwerkzeuge, sollten sie gestehen, mit dem Antichrist im Bunde zu sein, wenigstens ihm zu Willen.

Auf dem Markt lief bald Kunde von Stand zu Stand.

Manchem Bürger schien das ohnehin zu erwarten gewesen. Bei einem Kind, das über alle Maßen schön ist, ohne Eltern, von irgendwo zugeflogen… Na, ich weiß ja nicht!

Man sagte: Allein die blendende Schönheit sei ein Werk des Teufels, geschaffen um den jungen Weidmann zu verführen. Männer ins Unglück zu treiben, sie zu verlocken mit unsittlichem Sinn, sei immer Satans Bestreben.

Und beide litten, eingesperrt in engen Verschlägen, einen Meter über der Erde, damit ihnen der Kontakt zur Unterwelt genommen sei.

Bei Tage blickten sie auf all die Folterinstrumente, nur erdacht, um Mitmenschen schrecklichste Schmerzen zu bereiten, Streckbrett, Daumenschrauben, spanische Stief, und was es da noch an argen Mitteln gab. In Abendstunden ergriffen Wärter die schöne Trina zu jeglichem Übel. Sie gossen Kübel Wasser über die von Notdurft verschmutzte Hexe und vergnügten sich beim Anblick ihrer Blößen. Allein der Wärter Angst, mit dem Teufel dann in Buhlschaft zu stecken, bewahrte Trina vor geilem Zugriff.

Ein Stück Brot oder die Zusage, vor dem Scheiterhaufen mit einem Würgestrick zu kommen, galten Kerkermeistern als Mildtätigkeit. Und kein Hauch einer Legende wird je beschönigend wirken, das unsäglich Grauenvolle in ein milderes Licht zu tauchen.

Trina und Thomas, geschunden und zerlumpt, wähnten sich in der Hölle und waren doch nach kirchlichen Geboten verwahrt. Trina betete zu Odin, Thomas zu seinem gütigen Herrgott, der Mutter Maria und Jesus Christus.

In Gottes Namen aber, wie es hieß, blieben sie eingesperrt und peinlicher Befragung unterzogen. Beide schrien ihre Unschuld bei grausamer Folter hinaus. Allein, dass Trina das heidnische Siegel besitze, wandte ein studierter Theolog ein, sei frevelhaft. Er habe sie und ihre Mutter lange vor der heimsuchenden Peststrafe schon ermahnet, das Ding zu verwerfen!

Vor Gericht geschleift, hieß es:

Schwarzgötterei ist zu beklagen, Teufelei auszutreiben! Darauf steht das Feuer!

„Zeige sie das am Halsband"!

Ein Wächter schritt zur knienden Trina, zerschnitt mit einem Dolch das Band und reichte es samt Stein dem Richter.

Dieser reichte das corpus delicti weiter zu einem Priester, der sich bekreuzigte und mit einem Messer die Runenzeichen quer durchschabte.

Auf der Rückseite ritzte er ein christliches Kreuz und warf dann den Stein vor der zerlumpten Trina auf den Boden.
Half am Ende Odin?
Wo war der barmherzige Gott?
Trina und Thomas wurden nach geraumer Zeit erneut vor die Richter, Pastoren, Stadthauptleute und Zunftmeister geführt.
Ein übles Vergehen minderer Schwere, urteilten diese, sei zu ahnden, nicht Teufelswerk, nur heidnisches Brauchtum unchristlicher und unsittlicher Art.
Das Urteil:
Thomas und Trina werden der Stadt verwiesen, ohne Hab und Gut. Sie müssen auf immer die Stadt verlassen, Thomas sofort nach Süden, Trina später durch ein nördliches Tor, das sie sich nicht begegneten.
Des Todes werden beide sein, wenn sie jemals wieder ihren Fuß in die Stadttore lenken! Thomas wurde mit schleifenden Ketten umgehend durch das Friedländer Tor aus der Stadt geführt. Johlende und höhnende Bürger bewarfen Thomas auf dem Weg pöbelhaft mit Unrat, riefen ihm Schimpf und Schande, tobten als wollten sie den Geketteten eigenhändig erschlagen. Erst vor dem Tor wurde er, der Ketten ledig, in einen Wallgraben gestoßen.
Trina sollte zu späterer Zeit entgegengesetzt durch das Stargarder Tor geführet werden.

Beide gelten als vogelfrei innerhalb der vier Tore, bis sie die Stadt verlassen haben.
So Urteil und Trennung.
Wenige innige Blicke, und ihre Erinnerung an Stunden im Wald, war alles, was sie als Glück in ihrem jungen Leben je erfahren sollten.
Trina ohne Obdach, in den Abendstunden von Wärtern auf die Straße vor dem Fangelturm gestoßen, irrte als Vogelfreie schutzlos durch die Übel der Gassen und die Kälte der Nacht. Sie verbarg sich in Winkeln. Gehässiges Weibsvolk bespuckte sie, stieß sie in Gossen, ehe Trina in einem dunklen Eck hinter Holzstapeln einen Schlupfwinkel fand. Aber auch dort erspürten sie bald Stadtjugend, Gassenhunde und übles Volk, die es sich einen Spaß sein ließen, Trinas Blößen zu begaffen, sie zu nötigen oder gar im Dämmerlicht über ein Brett zu zerren. Es gebrach Trina lange schon an jeglichen abwehrenden Händen.
Wäre nicht ein Stadtstreicher und Lumpensammler gekommen, sich Trina zu erbarmen, Trina wäre noch in der ersten Nacht zu Tode gekommen. Er kannte alle Not und wusste Verstecke. Auf dem Gottesacker, den ein Bürger des Nachts nicht zu betreten wagte, fanden sie Schutz.
Kalte Nacht im Vorhof eines Gottesreiches.
Hans, Bruder und einer derer, die Trina ja doch herzlich zugetan waren, suchte, fand und nahm das Mädchen endlich im Hause auf.

Eine Mitschuld am Leid trieb ihn, diese Schuld zu begleichen. Dass er damit gegen städtische Gebote verstieß und doppelte Schuld auf sich lud, blieb ihm jetzt gleich.
So kam es, dass Trina geschwächt und auf den Tod verletzt von Folter bei Wasser und Brot, durchgefroren und misshandelt, in der Stellmacherkate Unterschlupf fand.
Trina lag mehr dem Sterben als einer Genesung nahe. Hans löffelte ihr vorsichtig Milch, Honig oder Bier ein.
Er vermied es, einen Bader oder Arzt um Rat zu fragen, stampfte Kräuter, belegte damit Trinas Wunden. Trina lag mit geschlossenen Augen murmelnd auf ihrem Strohlager. In der Hand hielt sie ihren Runenstein. Leise sprach sie beschwörende Verse ihrer Urgroßmutter: Skalat mathr runa rista, nema rada vel kunni…
Einen Weg ins Leben zurück fand sie nicht.
Endlich wusste sich Trina, mit dem Großen Wagen auf der Milchstraße bis Asgar hinauf nach Walhall fahrend, zum ewigen Leben in das Schloss Odins.
Was blieb für Hans zu tun?
Trinas sterbliche Überreste zum Gottesacker bringen? Nein, denn dort in der Erde zu ruhen, war ihr als Vogelfreie verboten. Hinausbringen aus der Stadt? Mit einem Leichnam bei Tag oder bei Nacht, ein unmögliches Ansinnen. Nicht zuletzt der Wachen wegen an jedem Tor, die die sterbliche

Hülle samt Hans den Richtern zugeführet hätten.
So beschloss Hans, seine unglückliche Schwester Trina dort zu beerdigen, wo sie in herzlichem Einvernehmen und Liebe zuhause gewesen war.
Im Kellerloch hub er eine Grube aus, bettete Trina in ihr, legte den Stein Odins ihr mit ins Grab und verabschiedete sich mit einem christlichen Gebet.
So ruhten die sterblichen Reste Trinas in der Erde, aus der sie einst entstanden.
Manches Mal ging Hans hinab zum Grab und gedachte ihrer.
Seinen Bruder Thomas sah er nie wieder.
Eines Tages, so wird berichtet, sei ein riesiger wilder Keiler (thurisaz fehu) durch das Stargarder Tor in die Stadt getobt, habe alles niedergerissen, was ihm in den Weg kam und sei zuletzt in die Marienkirche gestürmt, wo eben ein Gottesdienst gefeiert wurde.
Dort rannte das wilde Vieh auf den Altar zu. Ehe der Eber den Altar aber erreichte, sank er zu Boden und war tot.
Zur Erinnerung an diesen vermeintlichen Sieg des christlichen Glaubens wurde ein Schweinskopf geschmiedet, der an der Kirchtür über Jahrhunderte angebracht blieb.
Ein Schweinskopf allerdings galt in allen Religionen der Nordländer als göttliches Symbol. So ging dann ein jeder Christ, der die Marienkirche betrat, an einem Symbol uralt verwurzelten Glaubens

vorüber. In einer kriegerischen Feuersbrunst neunzehnhundertfünfundvierzig zerschmolz die Plastik zum Teil. Reste sollten an der Tür der Marienkirche von verheerendem Feuer künden.
Im Volk aber geht die Sage, Thomas, verwandelt in einen heiligen Keiler, sei zum Gottesdienst auf der Suche nach seiner Trina in die Kirche gestürmt, aber Schritte vor dem Altar auf den Tod zusammengebrochen.

DIE WEBERGLOCKEN-LEGENDE

Es lebte in unserer Stadt einst ein Weber, Matthias geheißen. Matthias war weithin bekannt als flinker und fröhlicher Weber. Er verstand es meisterhaft, am Webstuhl Fäden zu verkreuzen und zu verflechten. Das Schiffchen flog zwischen den Kettfäden seines Webstuhles schneller, als eine Maus durchs Zimmer huscht.

Ein Weber nämlich verspannt Garne im Webrahmen, Kette genannt. Er bindet und verflicht die Kette mit Fäden des Schiffchens nach seinem Sinn. Nur so kann ein kunstvoll gewebtes Tuch entstehen, kann es Farbe und Muster bekommen und am Ende einen Schneider finden, der daraus bunte Kleider für die Damen oder schlichte Mäntel, Jacken und Hosen für die Herren fertigt. Jahrhunderte lang führte derart Handwerk in unserer Stadt zu beträchtlichem Wohlstand, zu gefragten Märkten und einem guten Ruf im Mecklenburger und im Pommerschen Land, wo der Weber Wäwer geheißen wurde. Eine Freude war es für Kinder im Haus und auf der Gasse, den Weber Matthias bei der Arbeit zu sehen oder zu hören. Zum Geklapper seines Webstuhles nämlich erklang fröhlicher Gesang. Matthias, so wusste ein Jeder, der in der Wollweberstraße wohnte, hatte die Art, zum Lauf des Schiffchens zu singen.

Als der Mensch das Fell verlor
und darauf ganz schröcklich fror,
gründet er nach kurz Besinnung
eine Webersleuteinnung.

Schiffchen hin, Schiffchen zurück,
so wird das Tuch ein gutes Stück.

Hurtig, hurtig und geschwind
Schiffchen durch die Fäden springt!
Kette auf und Kette ab,
damit das Tuch im Muster glatt.

Schiffchen hin, Schiffchen zurück,
so wird das Tuch ein gutes Stück.

So sang Matthias. Er sang auch manch Kirchenlied, auch Psalmen. Denn er war nicht nur ein fleißiger, ein fröhlicher, sondern auch ein gottesfürchtiger Mann. Gern traf sich Matthias mit anderen Webern seiner Innung. Er hatte keine Mühe mit den gestrengen Regeln für Zunftbrüder.
Sie schrieben vor, dass ein Bruder „in wahrer Furcht Gottes ein christliches Leben zu führen habe, Zucht und Bescheidenheit gegen jedermann zu üben habe, mit einem Mantel ehrbar gekleidet sei und flüssiges Schwelgen, Gezänk und Unordnung meide". So stand es in der Zunftordnung,

über die Altmeister wachten. Matz, wie Freunde Matthias auf plattdütsch nannten, war ein gestandener Geselle, geachtet und zufrieden.
Allein das Glück, Meister zu werden, war ihm nicht beschieden.
Am Weben, am Fleiß, ja, an der Kunstfertigkeit seiner Hände lag das nicht. Auch war seine Herkunft standesgemäß. Schon sein Vater hatte als Meister und frommer Weber einen guten Ruf genossen. Noch heute kündet ein ins Fachwerk seines Elternhauses gehauener Spruch, „solide o gloria" zwar nicht von Lateinkenntnissen, aber doch vom christlichen Sinn des Vaters und Webermeisters.

» Des Webers Haus?

Um Meister werden zu können, aber verlangten Innungsregeln neben gefälligem Tuch und christlichem Leben, dass der Kandidat ein Festmahl für die Altmeister finanziere, mit einem Fass Bier, fettem Braten und manchem Dukaten. Dafür hatte Matthias nie des Geldes genug, weil er darauf Acht gab, dass sein Tuch nicht nur gewinnbringend lang und breit, sondern kunstvoll gewebt sei. Matthias glich also eher einem Künstler. Ein gieriger Tuchmacher, dem der dicke Warenbaum am Ende allein im Sinn stand, das war er nicht.
Des Künstlers Werk aber wurde zu allen Zeiten zwar bewundert, aber selten in Heller und Pfennig aufgewogen.
Matthias sorgte zuerst für seine Kinder, vier an der Zahl, für Frau, Haus, Garten, Land und Vieh. So lebten sie ihr Auskommen und ihren Frieden. Hin und wieder zahlte Matthias in die Armenkasse über das geforderte Maß, denn er hoffte, dass irdische Mildtätigkeit ihm im Himmel vergolten werde. Er lebte so auch in Zeiten der Not mit seiner Familie bescheiden und sittsam.
Oft sprach er zu seiner Frau: „Weißt Marthe, das große Glück ist zumeist vor einem oder hinter einem, nur selten ist es bei einem, hett 'n klüftigen Kopp secht. Drum lass es gut sein. Solange wir gesund sind und unsere Hände fürs Tagwerk taugen, wird's uns am Segen des Herrgott wie an

täglich Brot nicht fehlen." So wurd's gesagt, so wurd's getan. Die Geschäfte gingen so hin, über Stadt und Feld regierte wieder der Landfrieden. Nur noch viele Kreuze auf dem Gottesacker erinnerten an verheerenden Krieg, 30-jähriger genannt, der Mensch und Tier, Haus und Acker Jahrzehnte lang derart gemordet und zerstöret hatte, dass es noch Generationen dauern sollte, ehe das Glück weder hinter noch vor einem Mecklenburger liegen werde, sondern auch mal bei einem.

Manch Haus war heute wieder errichtet, Straßen über Land gepflastert und gesundes Vieh zur Weide getrieben. Felder standen satt im Korn, auch Kartoffeln und neuerdings erste Zuckerrüben, wo der Acker fett genug war.

Kurz und gut. So sollt es erträglich werden unter Gottes weitem Himmel.

Seinen Kindern erzählte Matz am Abend aus dem Buch Mose von der Vertreibung der vorwitzigen Eva und Adam aus dem Paradies:

„Da wurden ihrer beiden Augen aufgetan und wurden gewahr, dass sie nacket waren; und flochten Feigenblätter zusammen und machten sich Schürzen."

So begann unser Handwerk mit den ersten Menschen schon, sagte der Vater, und er erzählte weiter, dass es Wollweber und Tuchweber tausende von Jahren gegeben habe, denn schon immer sei es des Menschen Gebot gewesen, seinen Körper

züchtig zu bedecken und vor fremden Augen wie vor Wind und Wetter zu schützen.
Vor Zeiten schon und bis heute erzählte er weiter, webten Menschen in fernen Ländern gar bunte Stoffe von sagenhafter Kunstfertigkeit. Sie legten damit ihre Zimmer aus, wie wir Fußbodendielen mit weißem Sand oder Tannenstreu am Festtag bedecken. Über die dicken bunten Stoffe, Teppiche genannt, gehen sie weich und leicht. Ihnen ist, als könnten sie mit dem Teppich fliegen.
Der Volksmund aber wusste: Zeit und Stunde bindet der Mensch nicht in Garn. Bald verlautete neue Kunde, dass im fernen Engeland Webstühle, ja rechte Webmaschinen, nicht mehr von Hand, sondern mechanisch angetrieben würden, womit ein einziger Weber allein mehr Tuche auf den Warenbaum wickeln konnte, als alle Weber der Stadt zusammen am Tag herzustellen vermöchten.
In südlichen Ländern gar, so sangen Bänkelsänger auf Märkten, zögen Webergesellen von Ort zu Ort, um diese neuen Maschinen zu zerschlagen.
Sie nannten sie „englische Brotdiebmaschinen", weil Weber arbeitslos wurden und deren Familien außer Brot gesetzt.
Zornig sangen junge Webergesellen Dichterworte:

„Deutschland, wir weben dein Leichentuch.
Wir weben hinein den dreifachen Fluch -
wir weben, wir weben!"

Wer freilich genug Geld hatte, sang nicht zornige Lieder, sondern kaufte neue mechanische Webmaschinen und ließ für sich schaffen. Mit dem schnell erworbenen Geld baute mancher stattliche Häuser und lebte oft in Saus und Braus.
Was blieb denen zum Leben, die mit ihrer Hände Arbeit nicht mehr genug des Geldes erwarben, zahlreiche Mäuler ihrer Kinder zu stopfen?
Wo früher dutzende Weberfamilien in ihren vier Wänden Stoffe schufen, standen die Stühle ohne Garn. Dem einen oder dem anderen Weber war das Garn zu teuer, und er verdingte sich zu geringem Lohn dem Besitzer neuer „Brotdiebmaschinen“. Auf dem Markt tauchte manch Stück heimlich gefertigten Tuches auf. Unter Wert kam das an den Mann. Den Schaden trugen alle.
Eine Schande, eine Schande schimpften die Menschen, weil der Hände Arbeit plötzlich nicht mehr ein Auskommen gab.
Matthias erlebte bald zunftlose Pfuscher, Bönhasen genannt, weil sie wie Katzen in aller Heimlichkeit auf Märkten ihre schwarze Ware billig anboten.
Auf Garnmärkten kam es zu Tumulten prügelnder Männer, die mit „dreihundert Mann zu Fuß, Reiterei und Policey“, wie beschrieben wurde, „befriedet“ werden mussten. Zunftmeister versuchten noch darüber zu wachen, dass auskömmliche Preise, die ihren Handwerker erhielten, für Garn verlangt und für Tuch gezahlt werden.

Sie schickten Aufseher auf Märkte, die bönhasen sollten, womit gemeint ist, sie sollten heimlich nachforschen und vermelden, wer der Ordnung zuwider handelte und schwarz anbot.
Schließlich aber zerbrachen Zünfte. Innungen wandelten ihr Gesicht.
Wer bisher noch zuhause am Webstuhl gesessen hatte, musste nun in einer Fabrik an mechanischen Webmaschinen schaffen oder ganz und gar anderem Werk nachgehen.
Ja, gestand sich Matthias, manches Mal hatte er schon daran gedacht, dass ein Antrieb vom Wasser, wie beim Mühlrad an der Vierrademühle vor dem Stargarder Tor, Schiffchen, Schäfte und Blatt des Webstuhles irgendwie bewegen könnte. Es bliebe dann, Zeit nachzudenken über kunstvolle Muster. Bindungen in Farben könnte man zeichnen, während der Webstuhl wie von Geisterhand klapperte.
Inzwischen füllte sich der Markt mehr und mehr mit schnellen Stoffen zu erschwinglichen Preisen. Von einem unendlichen Band rollten gute Tücher auch von Engeland her auf Ballen und in Lager.
Nicht nur der wohlverdienende Städter, sogar der Bauer vom Land konnt sich einen Stoff ansparen und mit Schlips und Kragen ausstaffiert des Sonntags in die Kirche gehen. Nun, was denn einen sien Ul, is denn annern sien Nachtigall, sagt man im Land.

Die Zeit nahm ihren Lauf, und schließlich gingen auch in Städten des Nordens arbeitende Gesellen und Tagelöhner auf die Straße, schwenkten Fahnen und sangen derbe Lieder, weil Landesherren und Fabrikbesitzer keinen gerechten Markt hielten.
Nicht genug dieser Not. Es brachen schreckliche kalte und nasse Jahre über Felde und Land.
Auch Marthe und Mathias mussten den Gürtel ein, zwei Löcher enger spannen.
Sommer über, so sagten Matthias, kommen wir hin mit dem wenigen Geld, mit dem Stück Acker vor den Toren der Stadt, mit Garten und Fleiß am Webstuhl. Des Winters aber, Marthe, was soll dann werden? Sogar wenn du und die Kinner als Andrehgehilfen beim Webstuhle steht, schaffen wir nicht, was eine Maschine mit neuer Art auf den Warenbaum rollt.
Und da auch Marthe keinen Rat wusste, sagte Matthias: „Lass mich ins Land gehen, den Winter über. In Malchow weiß ich einen guten Weber, der, so hörte ich von Zunftbrüdern, tüchtige Webergesellen sucht und ordentlich bezahlt. Dieser Meister betreibt neue Webstühle, für die er Hände sucht. Ich will mich verdingen bei ihm. Mit dem erworbenen Geld werden wir durch die Zeit kommen, und den Kindern wird Hunger fremd bleiben.
Gesagt getan. Matthias schnürte ein Bündel, steckte ein Stück Brot und einen Streifen Speck

hinein, umarmte Frau und Kinder und zog hinaus gen Malchow. So um die sechzig Kilometer hatte er unter die Füße zu nehmen. Ehe er sein Haus im Morgengrauen verließ aber, schnitt er von seinem Speck einen Streifen ab, teilte diesen in vier kleine Stückchen für seine drei lütten Buben und die Jüngste, dat lütt Lieschen.
Seit folgsam, riet er den Kindern, und helft Muttern im Haus, versorgt gut Ziege, Stallhasen und Federvieh. Wir werden manch Stück brauchen über den Winter.

Und so zog er hinaus, ein gut Stück Heimat unter die Stiefel zu nehmen.
An der Hopfenburg hätte Matz in eine Postkutsche steigen können. Aber vom knappen Geld hergeben, wo er doch gesunde Beine und feste Stiefel hat, kam ihm nicht in den Sinn.
Einer der seltenen, sonnigen frühen Herbsttage brach an. Den Sommer über war es kalt und nass geblieben. Getreide stand nassfaul, Kartoffeln und Rüben steckten fleckig in der Erde. Ein Hungerjahr hatte sich schon zu Niejohr angekündet. Der weise Bauer wusste:
Is tau Niejohr dat Morgenrot klor, gifft' schlicht Wärer dat ganze Johr.
Matthias wanderte nun schweren Herzens quer durch das Stück Mecklenburg, Richtung Waren. Über Klein Lukow, Möllenhagen und Plasten

erfragte er sich den Weg in Dörfern, fuhr mal mit dem einen Ackerwagen, mal mit dem anderen Gespann ein Stück Weg durch Feld und Wald. Rehe, Hirsche und gelegentlich ganze Rotten wilder Schweine auf Futtersuche tummelten sich auf Äckern jenseits der Wege.

Matz hätte an einem solchen sonnig vergoldeten Herbsttag ein Wanderlied anstimmen wollen und fröhlich ausschreiten. Seinen Moors hätt er bequem auf einen Kutschbock drücken können. Aber keinem stand der Sinn in jener Zeit nach Gesang. Ein Hungerwinter stand an.

Ob Fuhrmann oder Bauer, ein jeder führte Reden über Not und nickte verstehend, wenn Matthias sein Leid klagte, fern von Weib und Kindern zu sein.

Rechts und links der Straße lagen Felder halb abgeerntet. Selten sah man einen Bauern mit Pflug oder Egge. Hier und da stoppelten gebückt Frauen und Kinder nach Resten einer dürftigen Ernte.

Nur wenig Korn und noch weniger Hackfrucht waren vom Bauer in die Scheune gebracht, und kaum fuhr ein voller Ackerwagen oder Ochsenkarren auf der Landstraße mit Pachtzins zum Gutshof. Stieg unser Weber einmal ein Stück des Weges auf einen Bock zum Kutscher, hörte er immer die gleiche Rede: Kinnings, Kinnings, wat sünd't för Tieden! So sprachen zu ihm auch wandernde Gesellen, denen er begegnete. Auf der Suche nach

Lohn und Brot trieb es Schreiner, Wagner, ehemalige Bauern, Gerber, Weber oder Müller über die Zeit zur Wanderschaft durch das Land. Manch einer gar wollt zur Küste, um über See in der Fremde sein Glück zu suchen.

Matthias aber hielt sich nicht lange mit Klagen auf. Man kann't dreigen, wie man will, dei Moors blifft ümmer hinner, wusste er. Und es ist schließlich, wie es ist.

Viele Stunden ging er allein seiner Wege, betete wohl auch zum Herrgott, dass er Familie und Kinder beschützen möge, in all der Ungewissheit einer misslichen Zeit.

In zwei oder drei Tagen, so hatten ihm zuhause erfahrene Kutschfahrer erklärt, sei die Strecke abzuschreiten, wenn er nicht säume oder im Wirtshaus seine Zeit absäße.

Also hielt er sich nicht auf und schritt zügig weiter, auch wenn ihm die Beine zu schmerzen begannen. Gegen Abend in Waren angekommen, suchte er eine Kirche zur Besinnung und Fürbitte auf und hernach eine Herberge, ruhte dort, aß vom mitgenommenen Brot und Speck, trank einen Krug Bier und schlief auf seinem Strohlager bis zum anbrechenden Morgen. Mit den ersten Sonnenstrahlen über der Müritz trat Matz zur Pumpe auf dem Hof, trank und wusch sich und war schon auf Schusters Rappen Richtung Klink, als die Sonne kaum über Baumwipfel guckte. Er folgte dem

Kutschenweg, denn zwischen Müritz und Kölpinsee bleibt nur ein schmaler Streifen sumpfigen Landes. Auf Göhren-Lebbin zu nahm er den Weg unter die Stiefel. An die zwanzig oder dreißig Kilometer lagen noch vor ihm bis Malchow.

Bald hatte er auch diese Strecke abgemessen.

In Malchow begab er sich spornstreichs nahe dem Markte zur Weberei. Matthias sorgte sich sehr, ob er nun Arbeit bekommen werde, dass er den Weg nicht umsonst gelaufen wär, Geld erwerben könne für die Winterzeit… „Büst also Matz, der singende Wäwer aus Nigenbramborg", empfing ihn der Meister. „Wanderburschen haben von dir vertellt, nannten dich de singende Matz."

„Ja, Mester, ick bin, ick wollt, ah, die Tiden sünd all… und Arbeit", stammelte Matthias und flocht Entschuldigungen ein, weil er doch ein wenig Geld seiner Frau und Kinder wegen Winters über dringend brauche, um Hunger und Kälte…

„Dat is Jack wie Büx, min Jung. Mak nich so väl Exküsen. Jeder Mann möt par Dukaten hemm. Bei mir wird aber geschafft, nich gesungen!"

„Is schon recht, Meister, ich mein nur…"

„Sett di hen an ne Maschin." Damit begann für Matthias der Arbeitstag, und bald schon sah sein neuer Meister, dass dieser Altgeselle ein rechter Wäwer ist. Was auch an Bestellungen anstand, Gewebe mit Mustern und Farben, es war bei Matthias in flotten Händen. Und bald auch konnte Matthias klingende Münzen im Geldbüdel sammeln. Fortan litt sein Portjuchhe nicht mehr an Magersucht. Es stand so gut im Futter, dass er seiner Frau mit der Postkutsche einen Gruß und ein paar gute Geldstücke zukommen lassen konnte. För den Tag un de Kinner, und dass es ihm hier gut ginge, er ordentlich wat tau äten krägen tut und dass er mit einem dicken Geldbüdel kommen werde zu Wihnacht, so es der Herrgott will.

Zeitig war Eis, Schnee und trockener Frost von Pommern her über Mecklenburg gekommen. Noch brauchte Matthias hier nichts zu fürchten in der warmen Webereistube.

Frau und den Kindern aber in der Kate zuhause, wie mag es denen ergehen, fragte er sich. Er begann die Wochen und Tage zu zählen. Sankt Klas am sechsten war schon vergangen.

Bis er zu seiner Familie wandern werde, musste er sich noch gedulden. Dann, so stellte er sich gern vor, werde er ihnen den Wihnachtsgroschen schenken und mit ihnen um den Wihnachtsboom tanzen, Rippenbraten mit Geflüsel äten, ihnen den Ruuchklas speelen, wie es Brauch ist. Lütt Lieschen werde er jeden Abend ein Schlaflied singen! Im hiesigen Weberhaus roch es schon längst nach Wihnacht. Pfeffernüss und der Duft anderer Leckereien zeigten an, dass sich Matthias bald auf den Weg machen sollte, wenn er zur rechten Zeit bei seiner Familie sein möcht. Ausgemacht war mit dem Meister, Matthias frei zu geben über die Festtage bis nach Nijohr. So geschah es dann auch. Der Meister schenkte ihm noch einen Wegpfennig und nahm ihm das Versprechen ab, dass er im neuen Jahr bis Ostern bei ihm weiter schaffen werde. Erst dann wieder zu Frau, Kinnern, Garten, Acker und Vieh nachhause ziehen werde. Wenn er mag, so sagte der Meister, könnt er dann vorm Winter wieder in de Wewerei, gut bezahlt, werkeln. „Gott befohlen nu, nimm de Wech gaut unner de Fäut!" rief ihm der Meister nach, als Matthias mit Stock, Mantel, Stiefel und einem wohlgeschnürten Bündel auf Waren zu marschierte. Wie vor Monaten schon, erinnerte sich Matthias, wenn ich wandere, dann scheint die Sonn.

Der Herrgott meint es gut mit mir. Er marschierte flink, stieg mal auf einen Ackerwagen, gar ein gut Stück zu einem Kutschknecht auf den Bock. Scheller als gedacht war Matz in Waren. Und dort beschloss er, noch einige Kilometer zuzulegen, bis Groß Plasten wenigstens an die zehn Kilometer. „Ja, ja in den Stall lopt dat Piert schnell", sagt ihm lachend ein freundlicher Bur, mit dem er auf dem Kutschbock sitzend gleich mehrere Dörfer hinter sich brachte. In Plasten fand er billiges Quartier in der Poststation, schlief auf einem Strohsack bei den Pferden, aber Ruhe fand er nicht, denn seine Gedanken waren ihm vorausgeeilt bis zu Fru

und Kinnern. Noch vor dem Morgen wanderte er weiter über Flotow, Gevezien auf Weitin zu, dicht vor seiner Heimatstadt. Bis zum Abend, unbedingt bis zum Abend, und nach nur zwei Tagen, wollte er durch das Stargarder Tor einkommen. Fuhr er mit einem Ackerwagen ein Stück, gingen ihm die Pferde zu langsam, war er gar auf einen Ochsenkarren gestiegen, sprang er bald wieder ab und lief in seinem Schritt dem Ochsengespann davon. Noch hielt das Wetter. Etwas eingetrübt gab es sich nach dem Mittag von der Müritz her. Doch es blieb trocken bei aufkommendem Wind. Matthias, für den Wintertag ordentlich gekleidet, mit warmen Kniehosen, Stiefeln, Mantel und Pelzkappe, schwang seinen Wanderstock und schritt zügig aus.
Beständig unterhielt ihn ein Ohrwurm, denn er hatte sich fest vorgenommen, seiner Tochter Lieschen heute noch das Schlaflied aus seiner Kindheit zu singen:

Wi, wi, wi, wer schlöppt hüt Nacht bi mi? Dat sall mien lütt Liesing daun, dat is min lütt Zuckerhaun. Wi, wi, wi, wer schlöppt hüt Nacht bi mi.

Matthias wurde es nun leid um jede Minute, deshalb nahm er im Gehen Brot und Speck aus dem Beutel und aß davon. Bald wusste er Gevezin in der Nähe. Da wird Weitin nicht mehr weit sein,

sagte er sich. Folge ich den Ackerwegen und nicht der Straße, die die Postkutsche nimmt, werde ich das Dorf bald erreicht haben. Und im Tal werde ich meine Heimatstadt liegen sehen.
Nochmal stieg er zu einem Bauern aufs Fuhrwerk, sprang an einer Wegekreuzung ab, rief dem Bauern einen Gruß und Dank zu und hastete schon weiter. Er eilte aber derart, dass ihm nicht gewahr wurde, wie schneelastige Wolken ihn verfolgten.
Drohte ihm etwa Wetterunheil, wo er schon so dicht am Ziele war?
Ja, ja, wie das so geht, erste Schneeflocken tauten ihm auf dem Gesicht, eisiger Wind kam auf. Bald wirbelten um ihn unruhig tanzende Flocken in wachsender Zahl. Eine rechte Schneewand und frühes Dämmerlicht des Nachmittags begannen ihm, die Sicht auf den Weg zu trüben. Jetzt durchstreifte er ein Stück Wald, in dem das Schneetreiben nicht so arg war. Plötzlich stand er vor der Brandmühle am Aalbach. Matthias überlegte, ob er in der Mühle Quartier nehmen sollte. Unverwanns schlööch dat Schneidräwel tau, könnte er erklären, und gewiss fände er Unterschlupf, solange Schneetreiben und Sturm ihm den Blick nähme.
Er schritt dann aber über die Brücke und folgte dem Stavenhagener Postweg auf die Weitiner Höhe zu. Als Matthias aber auf der Höhe stand, war das Unwetter so heftig aufgekommen, dass ihm kein Meter mehr Sicht blieb. Da waren kein Dorf Broda

und keine Stadt von hier oben zu sehen. Eine grauweiße Wand aus wirbelnden Flocken, der ganze Horizont.

» Die eisige Seite des Winters

Matthias wusste vor sich im Tal das Kloster liegen, den See und unweit die Stadt, sein Zuhause!
Wie ein Blinder stocherte er mit seinem Wanderstock nach dem Weg. Er stolperte auch und fiel, rappelte sich aber wieder auf, und gewiss wäre er dem Unwetter und der scharfen Kälte irgendwann erlegen. Fände er den Pfad nicht, nicht die Straße und nicht die Zuversicht, dass der Herrgott ihn zu Frau und Kindern führe, wär das Ende nahe. Unablässig flüsterte er das Vaterunser, während er sich gegen den heulenden Sturm stemmte.

Lesen Sie nun zum guten Ende von der wundersamen Errettung, wie es uns Annalise Wagner in ihren Schriften überlieferte:

„Plötzlich hörte er Kirchenglockengeläute! Waren das nicht die Glocken von Sankt Marien? Ja. Voller Zuversicht schritt er dem Schall der Glocken nach. Nun konnte es nicht mehr weit sein! Diese Zuversicht gab ihm neue Kraft. Nach einer Wegstunde erreichte er das Treptower Tor zwar völlig erschöpft, aber von Dank erfüllt.
Dieses Erlebnis hat ihn so bewegt, dass er nach wenigen Tagen den Pfarrer von Sankt Marien aufsuchte und ihm sein Erlebnis vortrug. Er war bereit, einige seiner Gulden als Stiftung zu hinterlassen, damit dieser wunderbaren Fügung gedacht werde.
Seine Stiftung bestimmte, dass täglich nachmittags um 16 Uhr die ‚Wächterglocke' – oder ‚Weberglocke' – geläutet werden soll. Und so geschah es dann auch. Als Matthias Gerling starb, verstummte seltsamerweise das Weberglöckchen um die Vesperzeit. Was war geschehen?
So ungewöhnlich es klingen mag, aber schuld daran war der Nachtwächterstreik. Die beiden Nachtwächter hatten es übernommen, gegen Zahlung vom Stiftungsgeld auch die ‚Weberglocke' zu läuten. Da sie aber im Streit mit den Ratsherren lagen, streikten sie, um endlich eine angemessene Besoldung zu bekommen. Sogar der Landesherr empfahl einen neuen

Tarif, um den Streik beizulegen. Nach wochenlangen Verhandlungen erreichten sie ihr Ziel. Nun wurde auch die ‚Weberglocke' wieder geläutet."

» Glockengeläut als Zeichen der Dankbarkeit

PS: Über schreckliche Jahrzehnte der Kriege, die Feuer und Vernichtung über die Menschen brachten, musste die Weberglocke schweigen. Anmaßende Machthaber verschwiegen uns, was Annalise Wagner erzählte. Erst mit dem Beginn einer neuen Zeit, die versucht unsere Geschichte ungeteilt zu berichten, erklang die Weberglocke wieder.

(Nacherzählt und ergänzt von V. Keßling)

» St. Marien zu Neubrandenburg

ANDREAS ODER DAS FINDELKIND VON DER BRANDMÜHLE

Vor Zeiten, so sagt man, sei dort, wo heute die Überreste vieler Mühlen an Bächen zu finden sind, ein urzeitliches Meer gewesen.

Geblieben ist bis zum heutigen Tag ein sumpfiges Wiesenland, hier und da Moore von unergründlicher Tiefe. Manch Verirrter mag in den Sümpfen und Mooren verschollen liegen. Er ruht im feuchten Grab bis zum jüngsten Tag.

Rund um die sumpfigen Niederungen erstrecken sich tiefe Wälder. An die tausend Jahre alte Eichen ragen in den Himmel. Buchen stehen neben schwarzen Erlen, gelegentlich auch Birken. Wo es trockener ist, wachsen Kiefer und Fichte. Tonnenschwere, blank geschliffene Findlinge liegen seit der letzten Eiszeit in und auf sandigen Hügeln. Einzelne Seen glänzen hier und da, Teiche und Sölle ohne Zahl. Bäche mäandern zwischen Höhen. In den Wassern tummeln sich Fische, Otter, Biber, Krebse. Hier und da, fast wie an Perlenschnüren aufgereiht, klapperten einst Mühlen am Bach.

So auch die Brandmühle. Es steht geschrieben, dass sie schon seit anno 1305 am Aalbach ihr Werk bot.

Im Schutze tiefer Wälder und unüberwindlicher Sümpfe stand sie allezeit sicher vor Dieben,

Räubern und marodierenden Söldnern. Von der Mühle her und aus nahen Gehöften hatten es Bauern und Müller einige Kilometer weit bis zur nahen Stadt im Viertälerkreuz. Das Landvolk wanderte oder fuhr auf Pflasterstraße zum Markte, zum Bader oder Schulzen, was eben so angesagt war.

Am Aalbach entlang führte indes ein schmaler Pfad. Wer es verstand, den schmalen Pfad auf der Uferböschung zu steigen, konnte die nahe Stadt schneller erreichen. Schlafwandlerisch sicher gelang das bei Tag und bei Nacht Andreas, dem Müllergesellen und weithin bekannten Findelkind von der Brandmühle.

Eines Morgens, so berichteten die Müllersleut seiner Zeit, habe das Kind in Lumpen gewickelt auf der Schwelle ihres Hauses gelegen. Da die Müllerin kinderlos geblieben war, sahen sie das Findel als ein Geschenk des Herrn und ließen es gut sein. Andreas nannten sie den Jungen, denn am Andreastag hatte er auf der Schwelle gelegen.

Jener Andreas folgte nun also nie dem Weg über die Straße, wenn es in der Stadt etwas zu besorgen galt. Der Steig längs des Baches war sein Weg.

Mit Kiepen voller Eier, gebundenem Federvieh und Obst aller Art für den Markt hatte er den Pfad schon unzählige Male unter die Füße genommen. Zurück trug er Waren von Wollwebern, Gerbern, Schmied oder anderem Handgewerk, wie diese sein Stiefvater, der Müller, begehrte. Manchem galt Andreas als kühn, denn er ging den Weg am Bach zwischen Eichen und Erlen bei Tag wie bei Nacht. Gruselige Schauermärchen, Berichte gar von verführerischen Wassernixen, Teufeln, unkenden und glucksenden Kielkröpfen, fochten ihn nicht an. Nicht einmal der nächtliche Windhauch einer vorüber huschenden Eule, auch nicht ihr Ruf in der Nacht, von dem es hieß, er verkünde den Tod, konnten ihn schrecken.

Andreas schlenderte pfeifend, frohen Herzens durch Wald und Flur, gleich dem, der auszog das Fürchten zu lernen.

Seinerzeit standen Kirche, Pflug und Mühle unter dem Schutz des Landfriedens. Vogt, Bürgermeister und Zunftmeister sahen auf Recht und Ordnung, und so lebte das Volk in dem mecklenburgischen Winkel unseres Landes einen hinter Sümpfen und Wäldern geborgenen Frieden. „Hat der Landmann Geld, so hat's die ganze Welt", der Spruch galt.

Bürger und Bauer verbrachten gesegnete Zeiten. Sie wussten nichts von Kriegen im Osten wie im Süden. Verheerende böse Kriege der Religion und des Besitzes wegen. Geraume Zeit schon verwüstete Kriegsvolk Menschen und Länder.

Sangen auch Bänkelsänger an Markttagen von gruseligen Moritaten kroatischer Söldner, rollten Schaubilder aus, auf denen Menschen mit aufgeschlitzten Bäuchen, abgeschlagenen Köpfen,

Bäumen voller Gehenkter, Pesthauch und Cholera gemalt waren, schenkte ihnen kaum einer Glauben. Unsere ehrsamen Bürger schüttelten nur den Kopf ob der grausigen Gemale und wendeten sich erschaudernd ab. Am Ende ängstigte sie des Schaustellers Tanzbär an der Kette mehr, als Bild und Gesang von fernem Krieg und Pesthauch.
In edler Einfalt und stiller Größe, wie es Gäste beschrieben, lebte das kleine Städtchen im Viertälerkreuz seinen Tag. Zeichen von Feuer und Schwert blieben fern hinter dem Wald.
Große Märkte, über Grenzen hin bekannt, Zuchtviehverkauf, ein Woll- und ein Pferdemarkt sorgten für Kunde vom Wohlergehen der Bürger und Geld in der Stadtkasse. Andreas stiefelte Mal um Mal zum Markt. Man kannte ihn in der Stadt, den blonden, hübschen und fröhlichen Findelburschen. Heimliche Blicke mancher Dirn folgten ihm in verschämter Bewunderung. Heut war ein schöner Sommertag, gerade Zeit für gutes Geschäft. Die Sonne schien, und Andreas lief den uns bekannten Pfad längs am Bach. Er stieg, vom Bachlauf abgehend, über bewaldete Hügel, überquerte einige Felder, auf denen die Schnitter eben das Korn legten, winkte den Garben bindenden Mädchen zu und wanderte hinab ins Tal auf das Kloster zu. Prämonstratenser bewohnten es über die Zeit. Sie pflegten einst ihre alte Religion, während heute im Land schon die neue vom

Wittenberger galt. Das aber focht Andreas nicht an, und er verstand auch kaum, was die Pastoren des Sonntags von der Kanzel dazu zu sagen wussten. Von weit her schon sah Andreas den grünen Kranz, der die Stadt umschloss. Das Laub der Bäume verbarg ganze sieben Meter hohe dicke Mauern, einen doppelten Wall und vier stattliche Tore. Kirchtürme von Marien, Johannis und Nikolai überragten Katen wie stattliche Häuser der Herrschaft. Andreas marschierte über einen aufgeschütteten Damm vom See und Klosterdorf Broda durch das Bruch, schnurstracks vorüber am Armenspital St. Georg, am Treptower Tor und der Vierrademühle. Hellebardiere wachten am Tor. Die gerüsteten Wächter sahen auf Ordnung an den vier backsteinernen Toren. Vor ihnen ängstigte sich Andreas immer ein wenig, obwohl er doch ein rein Herz und sauber Gewissen hatte.

» Treptower Tor

„Herein Bub, wann du Woll für dein Meuder begehrst!“ Und: „Zweyn nige Strümp ohn Tüften!“ riefen ihm lachend die Wächter zu, denn heute traf sich der Handel zum Wollmarkt.
Andreas grüßte die gerüsteten Männer, lachte ein wenig und schlüpfte schnell mit allem Volk durch das Treptower Tor in die Stadt. Kleine, eng aneinander gereihte, strohgedeckte Holzkaten reihten sich als enge Gasse.
Mit ihm zog allerhand Landvolk. Schwer beladene Marktgänger mit hohen Kiepen, ganzen Bündeln an den Füßen zusammengebundener Hühner, Körben voller Blumen, Gemüse oder schnatterndem Jungvieh auf schweren Ackerwagen.
Fuhrwerke rollten klappernd über die Katzenköpfe des Kopfsteinpflasters. Alle strebten zum Markt rund um das Rathaus.
Schon in den frühen Morgenstunden lag aufgehäuftes Ackergut, Säcke voller gelblicher Wolle, Tücher, Leder, Krüge mit Wollfett, Honig, Sahne und Butter feil. Manch Gerät und Handwerkszeug für den Bauern und Schäfer stand zum Verkauf.
Menschen wie Tiere, Schafe, Ziegen zwischen Buden und Ständen riefen, Aufmerksamkeit heischend. Es brüllte, blökte und meckerte rundum.
Bunt ausstaffierte Gaukler zeigten ihre Kunststücke. Moritatensänger und Theatergruppen führten Bürger und gaffendes Landvolk zum Lachen und an der Nase herum in ihre bunte Kulissenwelt.

Andreas wurde geschoben und gezogen, grüßte oder lachte hier und da jemandem zu, winkte den Komödianten, wich einem Stück Vieh aus und suchte auf den Auslagen. Nicht nige Strümp, wie es die Torwächter gerufen hatten, suchte er, sondern ein Paar nige Schauh. Heut nicht die derben Pantinen für die Arbeit, nein, weiche, gut anzusehende, lederne, mit weit hochgezogener, schlanker Spitze, die Andreas gern zum Tanz bei der Kirmes tragen wollte.
So trieb er mit dem Menschenstrom auch an der Rathaustür vorüber, wo an jenem Markttag eine schöne Jungfer saß. Mit leiser Stimme bot die Maid Blumen feil. Der erworbene Blumenpfennig galt einem guten Zweck, Obdachlose und Landstreicher im ehemaligen städtischen Kloster zu beköstigen. So war es Brauch.
Eine solch schöne Blumenverkäuferin hatte Andreas noch nie in der Stadt gesehen, ja, noch nie im ganzen Leben! Sie trug lockiges Haar, schwarz wie Ebenholz, in dichter Fülle um ihr freundliches Gesicht, helle Augen und einen roten Mund.
Augenblicklich pochte Andreas das Herz beim Anblick dieses lieblichen Mädchens. Er stolperte über Körbe und laut gackerndes Federvieh, weil er nicht seinen Weg, sondern nur ihr Antlitz sah. Zuletzt musste er zwischen zwei Marktstände schlüpfen, um den Blick auf das Mädchen nicht zu verlieren, denn der Strom geschäftiger Menschen schob ihn

durch die Gänge. „Wer weiß, was ihr Meuder für Sünd hat getan. Wird der Leibhaftige seinen Stachel im Spiel gehabt haben, dat er der schönen Dirn ein krumm Bein angehext?“ hörte er in einem Marktstand hinter Leinentüchern Weiberstimmen. Und da fiel Andreas ein, irgendwann Reden aufgeschnappt zu haben vom Unglück eines Mädchens aus gutem Haus. Alleweil wurde in der Umgebung von des Bürgermeisters Tochter erzählt. Sie sei über die Maßen schön wie von einem Zauber, weswegen ihr der Satan aus Neid und bösem Sinn ein hinkend Bein angezaubert. Mancher wollte wissen, welche Sünde die Bürgermeisterin getan. Dennoch, so hieß es, haben zahlreiche Freier um die Tochter geworben. Werber hätten verblendet von verführerischer Schönheit, so ging die Rede im Volk, Haus und Hof geboten, wenn ihnen das Weib als Braut gegeben werde.

„Da is de Düwel bi!“ raunten Bürger.

„Es waltet ein böser Geist, gar de Düwel unter uns. Man sehe das arme Kind“, predigten die Pastoren von der Kanzel: Sie habe ehelos zu bleiben, damit sich das Unheil nicht weiter pflanze, unter den Menschen und teuflischen Kräften Einhalt geboten werde! So verfügte dann auch der Bürgermeister schweren Herzens: Eine Verbindung, mit wem auch immer, sei für alle Zeit untersagt.

Andreas trug fortan das Bild des Mädchens im Herzen, wo er auch ging, ob auf dem Pfad am Bach, ob in der Mühle beim Tagwerk, ob beim Holzmachen im Wald oder dem Leeren ausgelegter Reusen im Mühlenwasser. Immer sah er nur das liebliche Gesicht vor sich, den Kranz lockigen Haares, die leuchtenden Augen und den roten Mund. Sicher wusste er: „Sie ist mein, immer mein“.

Es begab sich nun zur frühen Herbstzeit, Monate bevor großes Unheil über den zufrieden lebenden Winkel hereinbrechen sollte, dass Andreas träumend über Felder wanderte. Alle seine Gedanken nur bei der Maid, die er lange die Seine nannte.

Er sah Ackerbürger beim Buddeln erster Kartoffeln, beim Ernten von Pflaumen und Rüben, und er erblickte eine zweispännige Kutsche. Eben wollte er im Tagtraum sich vorstellen, wie er mit seiner Geliebten in einer Kutsche durch das Land fahren werde, als er mit stockendem Herzen erkannte, der Bürgermeister samt Tochter saßen in der Kutsche. Andreas stand erstarrt, zog seine Kappe vom Kopf, schaute dem Gefährt nach, und, oh Gott, das Mädchen in der Kutsche sah ihn. Sie lächelte ihm gar zu. Es war ein Traum.

Von dem Tag an besuchte Andreas immer, wenn es die Zeit erlaubte, jenseits des Waldes die Äcker. Irgendwann werde er dem Mädchen begegnen. Das ist gewiss!

Und die Schöne aus der Stadt? Sie erbot sich Tag für Tag mit Magd oder Knecht zu den Feldern zu fahren, dies zu holen, jenes zu bringen, denn ihr Herz und alle Gedanken lebten seit den Markttagen geheim in der Gesellenkammer der Brandmühle.

So kam denn, was kommen musste. Sie sahen sich, sie trafen sich, standen sich lächelnd und stumm gegenüber. Andreas schenkte ihr eine tiefrote Mohnblüte, sie ihm einen innigen Blick. Irgendwann saßen sie dicht beieinander am Feldrain oder unter Gebüsch von Holunder und Haselnuss, und schließlich fanden sie Worte, nannten ihre Namen und berührten sich. Andreas stahl Ursel einen flüchtigen Kuß zum Gotteslohn, den sie jeden Tag, der ihr zuwuchs, erinnern sollte.

Ob Knecht oder Magd im Städtchen, Tagelöhner oder umherstreifender Gesell, man sah die Zwei mit Freude. Jedweder im Volk wünschte ihnen Glück. Es fürchtete auch mancher um die verliebten Kinder, denn man wusste, dor hätt de Düwel sien Spill.

Was gibt es weiter zu erzählen?

Zeit der Ernte, sie sollte sich als knapper Ertrag erweisen. Auf den Feldern buddelten gebückt Menschen in großer Zahl, die von weit betrachtet, graubraunen Käfern glichen. Gefüllte Säcke hockten am Feldrain. Männer schnitten Rübenblatt fürs Vieh und hoben mit großen Gabeln Rüben aus dem Erdreich, rot und gelb glänzende Futterrüben. Auch gelbfleischige Wruken, heute

die Mecklenburger Ananas genannt, für die Supp wuchsen zwischen Futterrübenreihen. Ackerwagen fuhren nebenher, aufzusammeln, was von Landarbeitern, Müttern und Kindern, gerodet und eingesackt war.
Täglich erbot sich Andreas zur Feldarbeit auf dem Acker der Müllersleut wie auf Äckern in der Nähe derer des Bürgermeisters. Hoffte er doch, seine Dirn zu sehen, nur zu sehen! Dass seine Ursel Tüften aus der Erde klaube, erwartete er nicht. Ein Herrschaftskind! Sicher suchte sie nicht in der Erde und kratzte auch nicht in der Asche rauchender Kartoffelkrautfeuer nach herrlich duftenden gerösteten Tüften. Herbstwind würzte den Gestank der Gassen mit dem Geruch zahlloser Krautfeuer bis in die Gassen der Stadt hinein. So oft Andreas auch über die Felder blickte. Kind und Kegel buddelten rundum. Aber Andreas sah keine Kutsche, keine Frauensperson auf dem Feld des Bürgermeisters, keine Mägde oder Knechte, keine Ursel.
Sie wird ihres krummen Beines wegen zur Feldarbeit nicht taugen, sagte sich Andreas und, so wusste er sicher, sie wird Feldarbeit auch nicht leisten müssen, denn er werde für sie sorgen bei Tag und bei Nacht!
An einsamen Abenden begleitete Andreas in seiner Kammer das rhythmische Geklapper von Dreschflegeln. Er hörte die verschiedenen Rhythmen und konnte sich vorstellen wie Bauern und

Burschen auf der Döschdäl Getreide schlugen, blanke Körner zu gewinnen. In guten Jahren tönte es aus jeder Döschdäl in fröhlichem Takt einer Herbstmusik. Heuer aber rührten sich wenige Dreschflegel.

Klopft der Schlägel viel, kommt Korn in jede Mühl, erinnerte der alte Müller guter Jahre.

Andreas aber dachte nur an seine Ursel im fernen Rathaus. Des Sonntags sahen sie sich wohl mal in der Kirche von fern.

Ein strenger Winter nahte. Alles Volk betete zum Herrgott, sie unbeschadet über die kalte Zeit zu bringen.

Pastoren mahnten sündige Bürger, Gebote zu achten, karge Zeit als Zeit des Fastens und der Buße zu verstehen und zu beten.

Bannig wuchs die Sorge um einen Krieg, von dem berichtet wurde, er schleiche mit Tod und Verderben auf den Norden zu.

Der Bürger fragte sich, was Kriegsknechte hier wohl zu fechten hätten um Seen und Tümpel, Wälder und Moore, Eis, Schnee und knappe Tüften. Bänkelsänger dichteten: „Landsknechte werden fechten und Bauern fechten gehen."

Selbst ihr Herzog schrieb dem König: „Mir izt zwarn die Ursach dieses Krieges unbewusst...".

Was sollte dann das Volk wissen?

Kampf um zweyn Religionen! Dat geiht mit'n Düwel tau, sagte sich der Landmann. Bauer und

Bürger wusste vom Herrgott, der der liebe Gott genannt wurde, und von seinem Sohn Jesus Christus am Kreuz. Zum irdischen Krieg wollt das so gar nicht passen.
Menschen und Tiere verkrochen sich vor Eis und Schnee und sonstigem Unheil in ihren Behausungen, Mägde hockten schon bei Tag spinnend beim Kamin. Wer kannte den Spruch nicht? Spinnen am Tag bringt Kummer und Plag.
Andreas hätte sein Herz darum gegeben, wenn er seine Liebe nur hätte wiedersehen können. Wenn er hätt schreiben gekonnt, stünde überall in seiner Kammer Ursula an die Wände gezeichnet, und Brieflein auf Birkenrinde lägen zuhauf.
Selten lockte Wintersonne das Volk vors Haus, Schneewehen türmten sich baumhoch. Auf einer kleinen Eisfläche, die vom Wind auf den Mühlenbach frei geblasen lag, glitzerte ebenes Eis. Andreas schnitzte für Dorfkinder Stücke vom Schienbein des Schlachtschweines, band sie unter die Pantinen, und gemeinsam schauhbahnigten sie schlitternd auf dem Eisbein über den Bach.
Was wär es eine Freude, dachte er sich, glitte nun neben ihm seine Ursula. Und er fragte sich auch, ob Ursel schlittern könnte auf dem schnellen Eis, mit ihrem klumpigen Fuß?
Der Winter verging spät, aber er verging dann doch. Feld und Wald grünten, Landmann und Bürger atmeten auf, taten ihre gewohnte Arbeit

mit neuer Hoffnung auf eine gesegnete Zeit. Wäre da nicht das ferne Grollen kriegerischer Horden, es könnt eine Freude sein, zu schaffen und zu werkeln.
Ein mildes Jahr kündete sich an. Es sollte ein schreckliches Jahr werden, eines, von dem noch Jahrhunderte in Büchern Grausames berichtet werden wird.
Für Andreas aber gab es nur die ferne Ursel. Jede freie Minute lief er zu des Bürgermeisters Feldern, sucht und fand Ursel Mal um Mal hier und auf dem Markt. Immer war beiden das Herz wie in Flammen.
Lange war das turtelnde Paar stadtbekannt. Ursels Mutter betete um ihre Tochter in Sorge, und mancher wünschte den verliebten Kindern, dass ihre Liebe den Neid des Satans besiege.
Aber welch ein Unglück nahte! Mit dem Sommer zogen jetzt auch Heere in großer Zahl über den Norden, wo unsere fleißigen Menschen im Viertälerkreuz lebten.
Fremde Soldaten mit fremder Rede, Zusammengekauftes Mordgesindel, vor dem die Leut ihre Töchter versteckten, raubten im Land. Ganze Dörfer flohen in die Sümpfe und harrten dort, dass diese Heeresplage vorüberginge. Anführer der einen Landsknechte verboten die Religion des Wittenbergers. Sie sei vom Düwel, sagten sie, und sie ließen die alte Religion als neue zurück,

Kaiser und Papst zu Ehren. Andere Heere fochten für das Gegenteil.
Zogen die Horden endlich ab, blieben dem Volk nur leere Keller und ausgebrannte Scheunen samt geplünderten Stallungen, Krankheiten und Leid.
Manchen Abend hörten die Städter Soldaten zur dumpfen Trommel singen:

In Pommern ist Not.
In Pommern da reitet der Tod.
In Pommern da reitet der Tod.

Der Tod reitet einen kohlschwarzen Rappen,
er trägt einen undurchsichtigen Kappen.
Wenn Landsknecht durch das Land marschiern,
sieht man ihn immer daneben galoppiern.

In Pommern ist Not.
In Pommern da reitet der Tod.
In Pommern da reitet der Tod

Bei allem Darben forderten die Wallensteinschen, so nannten sich die Soldaten eines fernen Kaisers, dann auch noch einhundert Fass Bier, eintausend Brote und achttausend Taler allein von der Stadt, ehe sie weiter brennend und mordend über die schon gebeutelten protestantischen Länder herfielen. Dörfer wurden abgefackelt, Mägde geschändet, Felder niedergetreten, Kinder geraubt, Bauern erschlagen. Marodierendes Gesindel hing im Dutzend an Bäumen aufgeknüpft. Es war ein einzig Grauen.

Allein die Brandmühle, als läge auf ihr der Segen Gottes, blieb verschont von räuberischer Soldateska und marodierenden Galgenvögeln. Vielleicht lag es an den Sümpfen und Mooren rundherum, dass die ortsunkundigen Räuber es nicht wagten, die Mühle heimzusuchen.

Andreas also lebte. Aber er lebte mit lastenden Gedanken an seine Ursel, in der vom Heer des fremden Kaisers heimgesuchten Stadt. Er fragte sich, ob sie im Rathaus sicher sei, ob es ihr wohl ginge, ob sie lebe, ob dort, wie oft schon, Feuer ausgebrochen sei, verheerendes, alles verzehrendes Feuer. Angst und Sorge war ihm, Last und Pein. Dann hielt es ihn nicht mehr im sicheren Versteck. Es zog ihn zur Stadt hin, ja ihm träumte in der Nacht, dass Ursel um Hilfe riefe, und dass er durch immer wieder aufflammendes Feuer schritte, sie zu erretten.

Noch in selber Nacht huschte er auf seinem Steig den Wendungen des Baches folgend, dann über die Höhen, vorüber an See und Kloster, auf die grün umkränzte Stadt zu.

Wie aber hinein? Es standen nun schwedische Hellebardiere vor dem Tor um ein Feuer, wo in guter Zeit freundliche Stadtwachen ihren Dienst taten. Die Tore hielten jetzt grimmige Söldner mit

glänzenden Eisen, Helmen und Kleidern voller Federn, bunter Streifen und Plunder.
Da war kein Durchkommen.
Andreas verbarg sich nahe dem von Mönchen vor Zeiten aufgeschütteten schwarzen Damm im Gesträuch und beobachtete das Tor. Er hörte Männer in fremder Sprache reden, aber das hohe Tor blieb versperrt.

Dann, mit dem ersten Morgenlicht, zogen schwere Ackerwagen, bewacht von Berittenen, auf die Stadt zu.
Schnell besann sich Andreas, schlüpfte aus seinem Versteck unter einen der schweren Wagen, hielt sich dort am Gestänge verborgen und kam so mit Tagesanbruch in die Stadt.
Gassen lagen still, patrouillierenden Wachen wich er aus. Knechte und Mägde gingen mit Feuerholz und Mülleimern um die Häuser, schütteten Nachtgeschirr in die Gosse und Asche in Gruben.
So auch am Rathaus, wo Bedienstete dabei waren, zu heizen und zu putzen für den Tag. Noch schliefen die wenigen verbliebenen Städter.

Was bleibt zu berichten?
Der Junge mühte sich redlich, nachdem er mit einem Bündel Holz unter dem Arm Einlass erschwindelt hatte, die Bürger im Haus zu bereden, ihm Ursel zum Schutz zu geben. Er sagte sie sicher

bei der Müllerin im Wald. Er kenne geheime Wege, verborgene Pfade, sei manns genug auch zu kämpfen. Indes, nichts half. Man schalt ihn einen dahergelaufenen Tölpel, verwehrte ihm sogar, Ursel nur zu sehen. Der Bürgermeister höchst selbst, durch lautes Reden aus dem Schlaf geholt, schimpfte ihn ein döschigen Kerl, schmutziger Habenichts und wies ihm die Tür.

Andreas schlich mit bitterem Groll aus der Stadt. Er sah sich nicht einmal um nach dem stattlichen Rathaus, sonst hätte er, wie einen Schatten, Ursels blasses Gesicht an einem der hohen Fenster sehen können.

» Die Stadtmauer mit ihren Wiekhäusern

Wie er gekommen war, fand er unbemerkt aus der Stadt. Er haderte mit sich und der Welt, rief den Herrgott an, wünschte irgendein Recke oder Riese zu sein, umsonst. Seine geliebte Ursel sollte er nie wiedersehen.
Viel Zeit ging hin. Eisige Wochen kamen mit Frost und Schnee. Soldatenvolk hatte sich winters über in besetzte Quartiere verkrochen. Es blieb bitter kalt. Nässe und Kälte regierten das Jahr. Allenthalben war Schmalhans Küchenmeister, und der Sensenmann führte gut Geschäft.
Man schrieb das Jahr des Herrn 1631.
Andreas werkelte in der Mühle still mit dem wenigen Korn, das Bauern zu mahlen gaben. Des Abends warf er die Angel aus, stellte Fallen oder fing Krebse mit der Hand, um den Tisch seiner Pflegemutter, der Müllerin, aufzubessern.
Plötzlich standen schon am frühen Morgen Bürgerwächter der Stadt vor der Mühle. Sie erfragten Andreas, banden ihn, erklärten dem Müller, sein Geselle sei beschuldigt, des Bürgermeisters Tochter geraubt, geschändet und übel zugerichtet auf den Stadtwall geworfen zu haben.
Vor dem Müller befragt, schwieg Andreas, was ihm als Schuldeingeständnis angeschrieben wurde. Aber er vermochte vor Entsetzen und Trauer kein Wort zu sprechen. Ihm war plötzlich, als sei jeder Gedanke und jedes Wort unaussprechlich in tiefem Dunkel gefangen. So

ließ er sich in die Stadt bringen, dort in den Kerker werfen. Auf Stroh lag er im Fangelturm und wünschte sich den Tod, um, was ihm auf Erden versagt war, im Himmel, seine Ursel zu finden.

Es kam dann, wie es kommen musste.
Der Junge war angeklagt und verurteilt, am Strang auf dem Galgenberg vor der Stadt sein Leben auszuröcheln.
Mancher vom gemeinen städtischen Volk und mancher Landmann ahnte, dass umher streunende Kriegsknechte, gar gefürchtete Kroaten, wieder ein schändliches Verbrechen getan hätten. Nicht Andreas! Aber Landsknechte zu befragen oder zu beklagen, bestand kein Stadtrecht.
Müller und Müllerin sprachen einen guten Leumund für Andreas.
Nichts aber half gegen das Wort der Richter, Altermänner und des Bürgermeisters. Sie sahen erwiesen, dass der Satan mit Andreas ein Findelkind seinerzeit ausgelegt habe, um Menschen zu verderben, sprachen ihn schuldig der Schändung und des Mordes.

» Eingepfercht im Fangelturm

Das ging dann so wie es ging. Landauf landab erntete der Sensenmann in diesen jämmerlichen Jahren unzählige Menschenleben. Pest lief um und raffte ganze Dörfer dahin.
Danieder lag Landrecht und Friedensrecht für jedermann.

Andreas schwieg. Er wollte seine innigen Gedanken an Ursel nicht unter das begierig Volk werfen, wollte sie nicht in Rede und Widerrede auch noch vom Wort geschändet sehen, nicht gar noch im Streit hören müssen, wie Ursel zugerichtet war.
Andreas blieb unschuldigen Herzens und vertraute auf den Herrgott.

Nicht wenige Bürger fragten sich in diesen Zeiten allerdings, wo Gottvater sein mag.
Nur Not war, Elend und für Ungezählte der Tod.
Immer neue Heere fraßen sich durch das Land. Heute hießen sie die Kaiserlichen, die einzig das Katholische für Recht sahen. Morgen folgten ihre Widersacher unter dem Wasserkönig vom fernen Schweden, der der Protestanten Wort vom Luther hoch hielt.
Ob kaiserliche oder schwedische Heere, alle aßen und tranken, raubten und schändeten, dass es eine Art hatte.
Vom Wenigen der Ernte in jenen armen Jahren blieb dem Volk nichts als Hunger und am Ende

ein Dahinsiechen. Mehr als zehn Jahre schon zog Krieg vom fernen Böhmen her über alle Länder. Er sollte noch doppelt so lange toben, und mehr und mehr brannten Häuser, starben Menschen, blieben Tische leer und christlich Wort vergessen.
Es hatte Glück für die Stadt bedeutet, im Viertälerkreuz errichtet zu sein. An Marktwegen zu liegen, auf denen Gut zu Märkten gekarrt wurde, Zoll zu kassieren war. Neue Kunde zu verbreiten blieb, galt in besseren Zeiten als Segen und Gewinn zugleich.
Heute aber lag das Anwesen eben auch an gleich mehreren Straßen, auf denen Truppen Marschwege fanden, zu plündern, Häuser und Höfe zu schröpfen.
Zum Schutz der Bürger lagen nun zehn Fähnlein deutsche und schottische Söldner des Wasserkönigs Gustav Adolf in der Stadt. Verteidiger aber auch Mäuler, die verpflegt werden wollten. Besatzung und Schutzwehr vor den Kaiserlichen, von denen es hieß, ihr endloser Tross bewege sich auf Stargard zu.
Dodo von Kniephausen, Schwede und General, befehligte für König Gustav Adolf die Fähnlein. Sein Wort galt in der Stadt. Der Volksmund rief: Wer das längste Schwert hat, führt das erste Wort. Kniephausen wies an, Brücken vor der Stadt abzureißen, Kornspeicher zu füllen, soweit noch Korn verfügbar blieb. Wiekhäuser wurden doppelt

mit Wachen besetzt. Alles wehrfähige Mannsvolk stand zur Hilfe. Niederungen rund um die Stadtmauern wurden geflutet, Wassergräben angestaut und Tore mit Erde, abgeholzten Bäumen samt Stallmist versperrt.

Am Ende befahl der General, weil jedermann gebraucht werde, aus dem Fangelturm zu entlassen, wer wehrfähig sei und helfen könne, die Stadt zu retten.

So entging Andreas vorerst dem Galgentod. Er hatte sich Capitain Pflug zu unterstellen und mit Pflugs Mannen das Friedländer Tor zu verteidigen.

» Die Burg zu Stargard nahe der Viertorestadt

» Friedländer Tor

Andreas sah diese Fügung als einen Ruf Gottes, wenngleich er nicht mehr zu gewärtigen hatte, als einen Kriegertod ohne die Schmach des Galgens vor gaffendem Volk.

Stetig näherten sich Tillys kaiserliche Heere der Stadt. Sie lagerten nur ein Dutzend Kilometer am Lindenbach längs in Burg Stargard. In allen Dörfern rundum waren Quartiere bestimmt. Der Bauer wurde zur Schanzarbeit gezwungen, und einige erlagen scharfen Kugeln in der Schanze dicht vor den Toren.

Bald griffen einzelne Truppen nach der Stadt. Heid- und Kupfermühle lagen rauchend in Schutt und Asche. Vom Sonnenkamp her zogen Soldaten Richtung Seeufer. Sie wurden zurückgedrängt, wichen aus, versuchten hier und da zu rauben.

Ums Vielfache mehr Heeresvolk als Ameisen auf einem Haufen zu sehen wären, so berichteten geflohene Bauern, zählten die Armeen.

Wer nicht schon in den nahen Sümpfen verborgen lebte, floh mit Frau und Kind in die Stadt, der Hoffnung auf Schutz wegen hinter hohen Mauern.

„Im Märzen der Bauer die Rösslein anspannt", singen Kinder. Jetzt war März, und kein Bauer spannte Pferde für die Feldarbeit an. In Laufgräben und auf den Wiekhäusern spannten Bürger die Hähne ihrer Musketen und ihre Sinne auf der Suche nach feindlichen Landsknechten, die sich Schritt für Schritt anschlichen. Noch tummelten sich nur kleine Trupps in der Heide, fielen da oder dort mal ein. Trompeter traten vor die Tore und verkündeten Schonung, wenn die Stadt kampflos übergeben werde. Tag und Nacht hörten die Städter der

Kaiserlichen Kampfgeschrei: „Sancta Maria!“
Vom Westen her, den Weg, den Andreas so gut kannte, aufs Treptower Tor zu, wälzten sich nun Tillys Leute im Tross. Ihr Gesang flog ihnen voraus:

Ein Wolkenfahn und Wetterhahn
war Luthers Lehr von Anfang an.
Soll man dies zelebrieren?

Izt nein, izt ja, izt gelb, izt grau,
izt grad, izt krumb - izt Luthertumb.
Soll man da jubilieren?

Izt stürmen wir mit Schwert und Spieß,
dass euch des Luthern Lehr‘ verdrieß.
Dann könn‘ wir schwadronieren!

Nahe dem See aber verging den Kaiserlichen der Gesang.
Sie steckten bald im vorsorglich gefluteten Bruch, in dem sie keine Wagen, schon gar keine pferdegezogenen Kanonen, nicht einmal ein Feldschlänglein bewegen konnten.
Kniephausen, im Schutze der Mauern, nahm einen Schluck Wein, seine Soldaten ein Bier. Dieser Angriff steckte im Sumpf. Wieder trat ein Trompeter vor das Tor. Kniephausen aber übergab die Stadt nicht, denn „dem König stehe er in der

Pflicht, standhaft und unerschütterlich!“ schreibt ein Chronist. Seinen Mannen rief er zu: „Wachet nun auf und haltet euch wohl, ihr ehrlichen Soldaten, jetzt wird es zum Ernst gehen!“.
Man hörte im Sumpf steckende Soldaten fluchen, Wagen versanken über die Achsen. Pferde im halben Dutzend mussten vorgespannt werden, um die tonnenschweren Not- und Quartierschlangen mit ihren eisernen Geschützrohren aus dem Morast zu ziehen.

Derweil saß Andreas bei Nacht im Turm und am Tage nur mit Fußfesseln versehen bei Capitain Pflugs Leuten im Friedländer Tor und füllte Flinten mit Pulver und Blei.
Bald aber tauchten auch dort Soldaten in bunten Kleidern mit Musketen und Spießen auf. Kaiserliche, wie die weißen Armbinden verrieten.

» Mauern als undurchdringliche Hürde?

» Innenraum des Friedländer Tores

Wagen und Kanonen fanden hier vor dem Tor festen Untergrund. Mauerbrechende Quartierschlangen wurden aufgebaut, und so bezogen die Tillyschen hinter Schanzen mit Kanonen ihre

Stellung. Sie legten Musketen in die Stützgabeln, richteten Feldschlangen auf Stadtmauern, und bald begann das böse Feuerwerk, mauerbrechend über die Stadt herzufallen. Mehr als eintausend Kugeln allein vom Morgen bis zum Mittag zertrümmerten Teile der Mauer.

Bewaffnete Verteidiger hielten die Bresche, und des Nachts verfüllten Stadtbürger den Mauerdurchbruch mit Steinen und Erde, samt Baumstämmen, Stallmist und sonstigem Schanzzeug.

» Schießscharte im Mauerwerk

Wieder trat ein Trompeter vor das Tor und forderte Übergabe. Aber auch ihm gab Kniephausen kein Gehör.

Capitain Pflugs Leute wehrten sich indessen tapfer. Sie hielten das Tor.

Immer neue Soldaten stürmten mit Musketen, Spießen, Schwert und Leitern auf Zingel und Mauer zu. Andreas, durch leichte Fußfesseln wenig behindert, füllte unablässig Muskete für Muskete mit Pulver und Kugeln. Er reichte sie den Schützen auf Mauer und Wehrgängen. Bis zur hereinbrechenden Dunkelheit wütete die Schlacht.

» Deckung im vorgelagerten Zingel

Wer Donner und Kampfgeschrei über Stunden ertragen hatte, spürte schmerzend die Stille der Nacht.
Es tobte Unheil Tag für Tag.
Dann läuteten Glocken zum letzten Kampf.
Pastoren traten in die Tore und Wachhäuschen, lasen eine Andacht und spendeten den Männern ihren Segen.
Zum Friedländer Tor kam der Nikolaiprediger, tapferen Verteidigern Segen zu sprechen. Er verfügte zuvor, dass Andreas derweil abseitig stehen musste.
Capitain Pflug redete auf den Pastor ein, Andreas zu achten, der fleißig und treu gedient habe, aber es half nicht.
„Jener gestehe und bereue seine Teufelei, ein Segen sei ihm dann nur unter dem Galgen zu geben“, erwiderte der Pastor. „Vergebt's ihm der Herrgott“, sagt Pflug.
Neue Landsknechtshorden stürmten auf das Tor. Leitern wurden an die Mauern gelehnt. Fechtende stiegen über, um sogleich, manche noch auf der Leiter stehend, ihr Leben zu verlieren. Dann aber schlug die große Quartierschlange mit Gedonner und Getöse eine tiefe Bresche in die Stadtmauer nahe dem Zingel.
Ein Augenzeuge berichtet:
„Obwohl Capitain Pflug schon zweyers geschossen und hart blessieret, hat er doch mit seinem

Schlachtschwerdte sich lange gewehrt und viele aufsteigende tillysche Soldaten niedergematzelt, bis er endlich mit einer Musketenkugel durch den Kopf geschossen und tot zur Erde gefallen.
Zwischen dem Zingel und dem Friedländer Tore lagen Leiche bei Leiche, abgeschlagene Gliedmaßen, gespaltene Köpf.
All Thore blieben durch aufgeschüttete Erde und angekarrten Mist aber versperret."
Als General Tilly mit seinem Pferd über ebene Bretter durch die Bresche in die Stadt geführet wurde, stand nur noch ein einziger, leicht an den Füßen gefesselter Verteidiger. Er lehnte an einer Mauer des Zingels, aufgestützt auf das pflugsche Schwert.

» Eine steinerne Platte am Friedländer Tor erinnert an Schlacht und Helden.

DAS GEHEIMNIS DER TERRAKOTTEN

Unweit eines sehr alten und sehr ehrwürdigen Stadttores ist ein Restaurant „Grafenkeller". Ein Graf hat gewiss nie in dem Restaurant gesessen. Man sitzt dort jedenfalls bequem und kann sich wie ein Adelsherr fühlen. Das Stadttor in der Nähe, Stargarder Tor genannt, ist ein gotisches Backsteintor. Vor Zeiten trug es den Namen Wanzkaer oder Wendisches Tor. Beide Namen erinnern daran, dass hier, als noch keines der vier Stadttore und auch keine Stadtmauer gebaut waren, einst slawische Stämme, Wenden, ihr Zuhause fanden. Ich gehe gern durch dieses alte Tor. Dunkelrote, sehr stattliche Ziegel und vielfarbige Feldsteine umgeben mich. Ich fühle mich geborgen, beschützt in dem aufstrebenden gotischen Tor, vom Torfried in Frieden aufgehoben.

Bequem gelange ich in die von einer sieben Meter hohen Stadtmauer umgebene Innenstadt. Meinen Weg pflastern bunte Katzenköpfe, zugehauene Natursteine zwischen dunkelroten Wärme ausstrahlenden Ziegelwänden und vermauerten groben Findlingen. Die Erinnerung an all die unzähligen Menschen, die in den Jahrhunderten eben hier auf dieses Pflaster ihre Stiefel oder nackten Füße setzten, begleitet mich. Ich nehme den Weg aber vor allem gern der überaus großen roten Ziegel wegen, die ich in den Wänden bewundern kann. Sie sind unerhört dick, fast doppelt so schwer, wie heute bekannte Ziegelsteine. Stein für Stein wurden diese Ziegel von Händen an Ort und Stelle gefügt. Bewundernd frage ich mich: Was mögen die Bauleute für starke Hände gehabt haben, welche ausdauernde Kraft, derart wuchtige Steine zu vermauern, in jede Höhe zu tragen? Dreißig, vierzig Meter hinauf wuchteten sie Stein für Stein. An einem der rotgebackenen Ziegel fand ich doch tatsächlich den Fingerabdruck eines Ziegeleiarbeiters. Genau sein Daumen abgebildet! Aus einer brüchigen Fuge puhlte ich, ich gestehe den Frevel, einen Lederknopf. Er wird vor etwa siebenhundert Jahren von der Arbeitsjacke eines Mannes in den Mörtel geraten sein!

Und ich liebe zudem die hier und da herabhängenden zarten, blühenden Pflänzchen. Sie finden in engsten Spalten hoch oben im Mauerwerk ihren Lebensquell.

Für die würdige Marienkirche trugen Maurer bis in eine Turmhöhe von dutzenden Metern jeden Backstein. Heute ist die Marienkirche, nach den Ideen des Architekten Walter neu erschaffen, eine über das Land hinaus bewunderte Konzertkirche. Wer sich die Mühe gibt, in Blickhöhe Ziegelsteine an Kirchenwänden aus der Nähe zu untersuchen, kann kreisrunde Einbuchtungen auf den

Steinflächen finden. Hier rieb ein Leidender Ziegelstaub aus. Er glaubte, vom Pulver des geheiligten Steins Wunder der Heilung zu erlangen.
Nun, derart Backsteingotik ist im Norden nahe dem Meer nicht gerade selten, Kirche, Tor oder Stadtmauer in dunklem Rot findet der willkommene Besucher in großen und kleinen Siedlungen. Nach Osten findet man diese bis in das Weichseldelta in Polen und darüber hinaus. Im Westen zieren zahlreiche Städte kunstvolle Bauten aus dunkelrotem Stein bis zu den Ufern der Nordsee. Dem aufmerksamen Beobachter wird auffallen, dass Rathäuser, Kirchen und Stadttore gekonnt und reich im Mauerwerk verziert sind. Schmuckvolle Ornamente aus hellerem Putz und dunkleren Steinen bilden beeindruckende Fassaden. Kunstvoll geformte Steine sind Zierrat zahlreicher aufsitzender Türmchen.

Fast nie aber findet der Gast figürliche Bauplastiken. Stolze Herolde, eitle Stadtfürsten, wer auch immer, sie könnten am Mauerwerk thronen! Allein zwei Stadttore in Neubrandenburg tragen eigenartige Gestalten, gleich siebzehn an der Zahl. Neun schmücken das Stargarder Tor, das schon dreizehnhundertelf entstand, acht das Neue Tor seit vierzehnhundertfünfzig etwa. Plastiken aus gebrannter Erde mit langen weißen Gewändern stehen, stadtwärts blickend, hoch oben an den

Toren, segnend heben sie ihre Hände. Man nennt diese Plastiken Adorantinnen, was bedeuten wird, dass sie für das Volk der Stadt beten, oder diesem huldigen, wofür auch immer? Sind es Knaben oder Mädchen? Sind das nun würdige Damen der Stände? Sind es gar Nonnen, so geschlechtslos, wie sie da stehen und die Straße entlang blicken? Bis heute hat noch kein klüftig Kopf, so sagt der Mecklenburger in Platt, ergründen können, was es mit den terrakottenen Darstellungen auf sich hat. Sie tragen ihr Geheimnis seit Jahrhunderten stumm mit sich. Nicht einmal der Herr Museumsdirektor, der gerne sein Jägerhütchen lüftet, konnte das in Stein gebrannte Mysterium lüften.

Sei das wie es sei.

Ich ging also jüngst wieder einmal durch das Stargarder Tor und kehrte im nahen Grafenkeller ein. Ein Kellner brachte mir die Speisekarte, die in meinen Händen plötzlich üppig mit goldenen Lettern verziert erschien. Ich hatte eine solche goldschwere Karte hier noch nie gesehen. Ungeachtet dessen schlug ich die Karte auf und las zuerst zu meinem Erstaunen ein Gedicht:

„Dû bist mîn, ich bin dîn.
Des solt dû gewiss sîn.
Dû bist beslozzen in mîn Herzen.
Verloren ist daz sluzzelin,
dû muost ouck immêr darinnen sîn."

» Stargarder Tor

Nette Begrüßung, dachte ich eben und wollte nach dem Kellner rufen: Einen Schoppen Rotwein und einen Kaffee, wie ich solches hier des Öfteren bestelle. Aber da war kein Kellner mehr, da war gar

kein Restaurant. Ich saß irgendwo inmitten einer Geschichte, von der ich las!
Bass erstaunt war ich schon, sehr sogar, denn wem ist so etwas je widerfahren? Sollte es irgendwo auf der Welt eine Person geben, der Ähnliches widerfuhr, könnt sie sich bei mir melden.
Es ist ja heut zu Tags ein wenig befremdlich, ein Gedicht in Mittelhochdeutsch vorgelegt zu bekommen. In Englisch ist es Mode ohne Ende auf Werbetafeln und über Geschäften, das wär' nicht verwunderlich, aber eine alte längst vergessene deutsche Sprache? Wir sind doch nicht in der Schweiz oder in einem bayrischen Bergdorf, wo solche alten Worte wohl noch zu finden wären. Uns städtischen Nordländern, zumeist Zugezogene, denen sogar das heimische Plattdeutsch des Mecklenburger Landes nicht von den Lippen geht, ist ein altes Deutsch sehr fremd. Ich blätterte also in meiner Speisekarte um und um und las.
Der Text schien sich freundlich meiner Zeit und sprachlichen Gewohnheit anzupassen, und so erfuhr ich als erster Mensch im Lande, was es mit den Terrakottadamen an den Toren vielleicht auf sich hat. Die Liebe war es!
Was sonst könnte die Welt bewegen, eine Welt ändern, gar retten?

Nun mal Text für Text: In Broda am Tollensesee gab es, noch ehe die Stadt samt der Tore und Mauer entstand, ein Dorf und ein Kloster. Prämonstratenser nannten sich die Mönche, Prämonstratenserinnen die Nonnen. Dazu hielten sich die frommen Damen und Herren noch ein paar Laienbrüder, wie die Bienen sich Arbeiterinnen im Stock halten für das grobe Werk.

Es war das Kloster ein Doppelkloster gewesen. Hier die Männlein, da die Weiblein sorgsam getrennt. Wie das aber nun so geht. Unter des Herrgotts weitem Himmel begegnen sich irgendwann dann doch Mann und Frau.

Dû bist mîn, ich bîn dîn. Es begab sich, dass der eine Mönch und die eine Nonne sich über den Weg liefen. Sie schlugen die Augen nicht nieder, versteckten sich nicht in der Kutte. Sie erkannten sich, und das war recht so, denn so steht es zwar nicht in den gestrengen Ordensregeln, aber so steht es in der Heiligen Schrift: Sie erkannten sich.

Was nun folgt, brauchen Junge und Mädchen, wenn die Zeit da ist, nicht zu lernen. Ein jeder erfährt erste Berührungen mit heiß glühenden Ohren und rasendem Herzen in einer heimlichen, lebenslang unvergesslichen Stunde.

Das aber missfiel Abt und Äbtissin ganz entschieden. Die Äbtissin meinte unbedingt: Sowie der Tag den Lebenden gehört, so ist die Nacht das Reich der Toten. Irrung einer über die Zeit vertrockneten Adelsdame, der nie eine Nacht der Liebe vergönnt war. Was kann sie etwa über verzaubernde

Stunden inniger Zuwendung wissen? Sie, die oberste Nonne, forderte Liebe allein für den Herrn Jesus Christus ein. Mönch und Nonne geziemt das Entsagen fleischlicher Hingabe! Was aber sollt aus Menschheit und Frieden werden, wenn lebendige Wesen der Liebe entsagten?

Nun ja, Klosterregeln sehen vor, die Mönche haben sich dem Gebet und der Landwirtschaft, die Nonnen neben dem Stundgebet zu ihrem auserwählten Bräutigam Jesus, der Pflege Notleidender zu widmen.

Was nun? Lügen, Liebe verleugnen? Geächtet werden, strengstens bestraft? Der Teufelei samt Hexenwerk bezichtigt werden? Peinlicher Befragung, Folter, Feuertod gewärtig? Mönch und Nonne zogen es vor, im Gebet den Herrgott um Vergebung zu bitten und bei Nacht und Nebel über die Grenze aus ihrem Mecklenburg ins verfeindete Pommernland zu entkommen. Entlang dem Tollensefluss durch sumpfige Niederungen, fanden sie einen gefahrvollen aber sicheren Weg. Zahlreicher andauernder Fehden wegen blieben nämlich Neubrandenburger den pommerschen Treptowern (heute Altentreptow) spinne feind. Mecklenburger Herren neideten den Pommern all das, was die Pommernherzöge den Mecklenburgern neideten. Adelsherrschaften jedenfalls riefen immer wieder das arme Volk weg von Acker, Haus und Hof, von Frau und Kind, der Feindschaft zu dienen. In späteren Jahren sollte bei diesen Fehden sogar ein Neubrandenburger Bürgermeister, sie hatten vier zugleich, für jedes Tor einen, zu Tode kommen. Der also vom Friedländer Tor fand vor seinem Tor das Ende im Kampfgetümmel gegen die Treptower. Ein Sühnestein kündet davon.

Zurück zu unserem Liebespaar: Abt und Äbtissin beklagten verlorengegangene Zucht und Ordnung und beschlossen das Doppelkloster zum einfachen zu machen. Alle Nonnen fuhren durch das Wanzkaer Tor nach dem Kloster Wanzka. Aus den Prämonstratenserinnen wurden Zisterzienserinnen. Sie hatten fernab vom Kloster Broda ihr gottesfürchtiges Leben in Wanzka, mit dem Karren eine Tagesreise weit entfernt, zu fristen.

Der ihnen sehr verbundene Herr Bürgermeister vom Wanzkaer Tor, was heute das Stargarder Tor ist, beschloss als Ersatz für segensreich wirkende Nonnen, Adorantinnen am Tor abbilden zu lassen. Damit sollte Heil für die Stadt dauerhaft in einem ewigen Fürbittgebet gegeben sein. Geraume Zeit später beschloss ein ebenso gottesfürchtiger Bürgermeister vom Neuen Tor, dem jüngsten der vier, dem Beispiel seines Amtsbruders von damals zu folgen. Es entstanden acht Terrakotten zu Nutz und Frommen der Stadt.

Verwundert bemerkte ich, dass plötzlich ein Kellner zu mir an den Tisch getreten war: „Wir schließen gleich, mein Herr. Die Karte bitte." „Bitte", sagte ich verwirrt und reichte ihm die glatt in braunem Leder gebundene Speisekarte.

» Neues Tor

PS: Segen haben die Damen in gebranntem Ton der Stadt kaum gebracht.

Nachdem Neubrandenburg immer wieder verheerende Brände erlebte, jeweils von hunderten Holzhäusern nur Asche blieb, wollten maßlos verblendete Bürger am Ende des letzten unsagbar bösen Krieges diesen vor Ort noch gewinnen. Folglich wurde ihre Stadt fast restlos zerstört. Sie lag in Trümmern, Feuer wüteten. Frauen und Kinder krochen in Kellergewölbe, zahlreiche ertränkten sich im Tollensesee unweit des Brodaer Klosters. Adorantinnen stehen bis heute, geduldig stadteinwärts blickend, an zwei der vier Tore. Hoffnung unter eines gotischen Gewölbes Frieden.

DER HEILIGE GEORG IM SMARTPHON

Es war an einem dreiundzwanzigsten April, einem Donnerstag, und erst später, durch die Entdeckung eines kleinen Schulmädchens, sollte mir klar werden, was es mit diesem dreiundzwanzigsten für eine Bewandtnis hat. Ich kam von einem Arztbesuch aus der Stadt zurück und saß wartend in den zeitigen Nachmittagstunden nahe der Sankt Georgskapelle an der Bushaltestelle. Um diese Zeit stürzen täglich Kinder aus der nahen Schule über den Fahrdamm. Wenige Meter weiter, zwanzig höchstens, sind an der Kreuzung eine Ampel und ein sicherer Übergang. Aber nein, Gott sei's geklagt, die Kinder rennen über den Damm, um als erste an der Haltestelle zu sein und einen Platz in dem Wartehäuschen zu erobern.

Freundlich sind die Kinder, muss ich sagen. Sie kommen wie ich vom Dorf, wo man sich kennt und, anders als in der Stadt, auch heute noch grüßt. Die Jungs werfen ihre unerhört großen und offenbar schweren Schultaschen achtlos auf den Gehweg. Mädchen stellen diese ab und stehen in Grüppchen zusammen. Nicht, dass sie nun miteinander quasselten, nein, Jungens wie Mädchen ziehen Handys aus der Tasche, beugen sich darüber und scheinen weit weg zu sein von dieser Welt.

Neugierig sehe ich nach rechts und dann nach links den Kindern über die Schultern. Unter einer Glasscheibe huschen Bilder. Mit den Fingern gleiten sie geschwind auf der Scheibe herum. Ich sehe bei dem Mädchen zu meiner Rechten schlanke Teenager mit langen blonden Haaren auf Pferden reiten, und ich sehe dann bei dem Jungen zu meiner Linken menschenfressende Schlangen zwischen kleinen backsteinroten Häusern wimmeln. Ritter auf ihren Pferden reiten stolz erhobenen Hauptes, mit metallenen Rüstungen gepanzert, in dem Getümmel. Sie schwingen Schwerter, wodurch Köpfe der Drachenschlangen abgeschlagen werden, die dann unten auf dem kleinen Bildschirm aufgereiht wieder erscheinen. „Ich hab' schon fünf!" höre ich einen Jungen rufen. „Bin rausgeflogen aus dem Level", sagt ein anderer. So sitzen meine Freunde vom Dorf neben mir, vertieft in ein flimmerndes Spiel. „Dachte, du rufst deine Mutter mit dem Handy an", fragte ich meinen Nachbarn, der im Dorf auch mein Nachbar ist.

„Is ein Smartphon", korrigiert er. „Is auch ein Handy!" ruft ein anderer dazwischen, ohne den Blick zu heben:

„Brauche nich anzurufen. Meine Mutter ist heute zur Arbeit. Man, ich muss das Level schaffen."

„Was ist ein Level? „Könnse nich Englisch?"

„Ne, hatte immer nur Russisch." „Mensch, ich krieg den Ritter nich aus dem Tor raus!" „Darf ich mal sehen?“ „Aber nich drauf drücken, hat ein Touchscreen, eh, ich mein ein Sensorbildschirm, geht gleich los, wenn sie drauf fassen.“ „Ach so.“ Und nun sehe ich zu meiner Überraschung auf dem Bildschirm Sankt Georg. Eine kleine Kirche, drei Gebäude dabei. Ich erkenne rundum sumpfiges Land mit schwarzen Wasserlöchern, dichtes Weidengestrüpp, Binsen und Schilfhalme unendlich weit.

„Wisst ihr, hebe ich an über Smartphons gebeugten Köpfen zu erzählen, vor vielen hundert Jahren war hier rundum Sumpf und Moor, bis nach Broda. Wo eure Schule heute steht, stellt euch ein dunkles Wasserloch vor, in dem sich Schlangen dick wie Fahrradschläuche und meterlang tummelten. Geriet ein Mensch in das Sumpfgebiet, war er verloren. Rund um die Stadt gab es viele Sümpfe und unergründliche Moore. Nur über vier Straßen auf Dämmen war sie sicher zu erreichen. Man nannte Neubrandenburg Stadt im Viertälerkreuz. In der Stadt ging die Kunde von Spukgestalten, krumm und zerzaust wie Weidenbüsche, von blauen Flammen ging die Rede, die des Nachts aufleuchteten, Irrlichte genannt, die Menschen ins Moor locken. Von ganzen unersättlichen Lindwurmfamilien war die Rede, gefräßiger und unheimlicher als Dinos, die ihr doch bestimmt auf euren Handys habt. Hier, wo wir sitzen, krochen

Ungestalten, Drachen im Sumpf lauerten Menschen auf!
Nach rechts und links aus den Augenwinkeln schielend, sah ich wie das eine und das andere Handy in der Hosentasche verschwand. Von den Straßendämmen, erzählte ich weiter, führten vier bewachte Tore hinein in die engen Gassen der Menschen. Und hier, nahe eurer Schule, lief ein schwarzer Weg durch den Sumpf nach Broda. Mönche hatten einen Damm eigens angehäuft. Des Nachts aber, auch schon im Dämmerlicht der Fledermäuse, wagte sich kein Bürger über den Steig. „Dor hett de Düwel sien Spill", sagten die Leute auf platt, wie sie damals noch redeten. Wenn der Nachtwächter nach dem dritten Glockenschlag am Abend gerufen hatte: „Liebe Leute lasst euch sagen, die Glock hat drittmal zur Nacht geschlagen, löscht das Feuer und löscht das Licht, dass uns kein bös Unglück ausbricht!", ging kein Mensch mehr auf die Gasse, schon gar nicht vor die schwer versperrten Tore. „Was ist ein Lindwurm?" fragte ein Mädchen, das wie die meisten Kinder dicht an mich herangerückt war.
„Lindwürmer sind Geschöpfe des Teufels, Schlangen mit Drachenflügeln, feuerspeiende Ungeheuer. Sie waren der Schrecken aller Menschen hinter der schützenden Stadtmauer.
Lind heißt in der damaligen mittelhochdeutschen Sprache Schlange. Lindwurmfamilien, so

redete man in der Stadt, hätten schon manchen Menschen im Moor verschlungen.

» Abendliches Dämmerlicht

Hier, wo wir jetzt eben sitzen, das war damals wie heute von Tor und Mauer ein Stück weit weg. Neben den roten Backsteinhäuschen ist die Georgskapelle. Seht mal auf das Handy, oder dreht euch bloß um. In Sankt Georg war ein Hospital seit dem fünfzehnten Jahrhundert. Erbaut hat das Hospital die Stadt zu Ehren des Ritters Sankt Georg, daher der Name Georgskapelle.

» Kapelle St. Georg

Eine Legende erzählt: Als eines Tages ein fürchterlich fauchender Lindwurm einen Bauern von unserem Dorf, der zur Stadt ging, verfolgte und beinahe erreicht hatte, ritt Ritter Georg aus dem Tor und zerschlug den Lindwurm, dass seine

sechs Köpfe nur so in den Sumpf rollten. Zu Ehren dieser Rettungstat bauten Neubrandenburger also die Kapelle hier hinter uns. „Man, das habe ich auf dem Smart. Bei mir sind es aber sieben Köpfe, die du abschlagen musst!" „Sechs oder sieben, ist lange her. Rechnet mal aus, wieviel Zeit schon ins Land gegangen ist seitdem?"
„Ungefähr sechshundert, sacht mein Smartphon."
„Und was sagt dein Kopf? Wanderer, Pilger, Kranke, auch Pestkranke, nahm das Hospital auf, ehe sie bis in die Stadt kamen. Sollt sich doch keiner anstecken, die Stadt mit all den Menschen war zu schützen vor Lindwürmern, die vermutlich hießen: Pest, Cholera, Pocken, Aussatz, Lepra. In Sagen sind verheerende Krankheiten als Lindwürmer dargestellt, denn, was es mit den Krankheiten auf sich hat, von Viren und Bakterien, wie wir heute wissen, war seinerzeit noch nichts bekannt. So erfand das Volk Geschichten von Drachen, Schlangen, Teufeln, die allesamt Übel bringen wie die Krankheiten auch. Durfte doch keiner etwa die Pest in die Stadt tragen. An der Pest nämlich sind im Mittelalter Hunderttausende gestorben, und es gab keine Arznei dagegen."
„Was ist ein Ritter? War der sowas wie ein Arzt?" fragte ein Mädchen.
„Ja, toll, deine Frage ist gut. Dafür müsstest du in der Schule eine Eins bekommen!"
„Hat Marlene sowieso immer", erwiderte ein

Junge, der sein Handy inzwischen in die Tasche gesteckt hatte. „Ritter waren Adelsleute. Fast immer junge stattliche Männer, wie heute Sporthelden oder Berufssoldaten.
Die jungen Herren hatten damals in ihrer Freizeit nur im Sinn, schöne Burgfräulein, wie Rapunzel im Schlossturm, zu bezirzen. Sie ritten, deshalb der Name Ritter, um die Schlösser herum und sangen wie die Singvögel im Frühling ihren liebsten Damen Lieder.
Weil schöne Burgfräulein aber so überaus edel und begehrenswert waren, kam da nicht nur ein Ritter singend durch den Wald geritten. Schon ging die Prügelei los mit Lanze oder Schwert und Keule. Dem Sieger gehörte das wunderbare Weib im Turm, das halbe Königreiche, 'ne Krone oder sowas.
Ritter kämpften, wenn sie nicht gerade in einem Krieg oder Kreuzzug zu streiten hatten, wie die Hirsche im Herbst um die Weiber, schoen wîp, hieß das in der alten Sprache.
Es gibt eine berühmte Krimhild. Für diese Dame wurde gedichtet und gekämpft, bis mancher Herr Ritter sogar den Tod fand, vil verliesen den lîp, den Leib verlassen, heißt das.
Die Verse gehen so:

Es wuchs in Burgonden
ein vil edel magedîn
daz in allen landen nitz schoeneres möthe sîn
Krimhild geheizen.
Si wart ein schoene wîp darumbe degene
vil verliesen den lîp"

„Ham die komisch geredet", warf ein Junge ein. „So war die Sprache damals. Wenn später einmal einer hört, wie ihr redet von iPad, Smartphon, Touchscreen, Level, wird der sich auch wundern über eure Sprache. So ist das zu allen Zeiten. Aber nochmal zu Georg, ehe unser Bus kommt.

Den Georg gibt es in vielen Ländern. Er soll schon vor über tausend Jahren, im Jahre 303 gestorben sein. Aber als Helfer in der Not war er weithin bekannt, sogar bis zu uns an die Bushaltestelle.

Als Helfer in der Not ritt er mit einer Lanze bewaffnet aus, um Drachen zu töten. Deshalb wurden Kirchen, Kapellen, Städte, ja ein ganzes Land nach ihm benannt. Sogar unsere muslimischen Freunde aus arabischen Ländern kennen Georg als Propheten. Hier in Neubrandenburg ist er bestimmt nie gewesen. Aber es ging die Kunde von ihm über alle Grenzen hinweg. Mancher kranke Bürger hoffte auf ihn, betete zu ihm wie zu Jesus Christus. Nicht wenige Kinder träumten von dem Helden, sahen sich im Kampf gegen das Böse, die Jungen saßen hoch zu Ross, die Mädchen als Schönheiten in Gemächern des Schlosses… Ach, da kommt unser Bus. Müssen wir wohl einsteigen."

Noch ehe wir unser Dorf erreicht hatten, beugte sich vom Sitz hinter mir ein Mädchen zu mir und sagte: „Ich habe im Internet nachgesucht, heute ist der dreiundzwanzigste April. Das ist der Sankt Georgstag, ein Ehrentag für Nothelfer, steht in meinem Smart." „Na, danke. Dann erlebten wir eben wohl ein Wunder an unserer Bushaltestelle an Sankt Georg. Der Heilige Georg ist uns genau zur rechten Zeit erschienen."

DER FISCHER FLUCH

Es sollen einst Fischer am Weihnachtstag tragenden Eises wegen auf Fang gewesen sein. Als nun die Glocken der Marienkirche zur Messe riefen, unterbrachen sie ihren Fang keineswegs. Sie hoben Netze unter dem Eis voller stattlicher Hechte, Zander, Plötze, Karpfen. Die dicke Eisschicht auf dem zugefrorenen Tollensesee gab sicheren Grund und einen wahrhaften Schatz für die Fischerfamilien frei. Plötzlich, so heißt es, sei eine hohe graue Gestalt über dem See erschienen. Die rief weithin hallend: „Fortan soll der See nie wieder zum Christfest zugefroren sein! Nie wieder werdet ihr den heiligen Tag und die heilige Messe entweihen!"

Was die Fischer nun taten, ist nicht überliefert. Ich kenne aber einen alten Tollenser, der ist mit Seewasser getauft, mit dem See wie mit einer Mutter aufgewachsen. Den werde ich befragen. Irgendwo am See ist er gewiss zu treffen. Er wird wissen, was es mit den Fischern auf sich hat.

Ich nehme also die etwa vierzig Kilometer rund um den See unter die Füße. Und du, Wanderer, wenn du einmal am Tollensesee stranden solltest, vergiss nicht, ihn ebenfalls zu umrunden, nicht allein der ehrwürdigen Buchenwälder und

Eichenwälder wegen, die sich über die Höhen hinziehen, sondern wegen der zahllosen kaum verborgenen historischen Geheimnisse.

» Fischer auf dem Tollensesee

Über elf Kilometer, an der tiefsten Stelle zweiunddreißig Meter tief, zieht sich unser See längs durch das Tal hin bis zur Lieps. Ein Rad- und Wanderweg führt am Ufer entlang. Die Tagestour ist, zumal meist trockenes Wetter herrscht, einen Familienausflug wert.

Wir beginnen den lauschigen Weg am Augustabad, so genannt nach der Großherzogin Auguste Caroline. Nur wenige Schritte in den Hochwald hinein, begegnen wir schon Behmshöhe. Ein Aussichtsturm auf dem Berg bietet weiten Rundblick über die Landschaft, die wir erkunden wollen. Gegenüber, über dem jenseitigen Seeufer, leuchtet weiß ein griechischer Tempel, Teehäuschen herzoglicher Prinzessinnen vom Neustrelitzer Geschlecht. Mit müden Beinen, aber um manche Erkenntnis reicher, werden wir am Nachmittag dort drüben ankommen.

Nun folgen wir einem immer längs dem Ufer flach sich hinziehenden Rad- und Wanderweg bis nach Klein Nemerow. Eine uralte Scheune wäre zu bewundern. Sie ist noch aus der Zeit, als Klöster das slawisch besiedelte Land Stück um Stück nach ihrem Maß kultivierten.

» Das Belvedere mit griechischem Flair

Jetzt gilt es zu klettern, entlang an Böschungen, immer den ruhig wellenden See im Blick, erreichen wir Nonnenhof. Die Nonne, ein Bächlein, beendet

hier ihren Weg durch die Wälder. Seltene Fischchen, Neunaugen, soll es in der Nonne geben. Gesehen habe ich noch keine.
Vor Zeiten konnt ein Wanderer im Nonnenhof einkehren. Reste eines Ausschanks versinken nun im endlosen Sumpf.
Wieder geht es bergan, weiter Blick öffnet sich nun über die Lieps, ein flaches Gewässer, Heimat zahlloser Wasservögel und durch einen Kanal zum Tollensesee hin verbunden.

» Die Lieps von der Usadeler Seite aus

Endlich erreichen wir Prillwitz und können am Jagdschlösschen rasten. Ein Blick von hier über die Lieps lohnt sich unbedingt! Eine Insel voller metallisch glänzender Kormorane und von Zeit zu Zeit tausender Enten. Nordische Gänse und Kraniche gesellen sich kreischend zur Rast. Wer nun die müden Beine etwas erholt hat und eine Erinnerung an deutsche Hoheiten bewahrt, kann nach Hohenzieritz hinaufsteigen. Dort liegt die schöne Königin Luise in Marmor, schön und jung, wie sie starb. Wissen sollten Sie, rundherum siedelten nahe dem Wasser Wilzen, Tollenser und Redarier. Gräber und hölzerne Überreste sind überall unter unseren Füßen. Allein acht Hünengräber mal zur Rechten und mal zur Linken säumen den Wanderweg.

Am Ufer der Lieps und der Tollense sind manche Artefakte aus der Vorzeit im Schlick versunken, seit Brodaer Mönche, der Neubrandenburger Vierrademühle wegen, den See um ein bis zwei Meter anstauten.

Ehe wir Alt Rehse und Wustrow aufsuchen, lohnt sich ein Blick noch einmal von der Höhe. Das kleine Dörfchen mit dem hübschen Namen Siehdichum bietet herrlichsten Rundblick über das Land. Ein Vergnügen, sich dort umzusehen. Bis nach Penzlin, dem Ort mit Burg und einem schrecklichen Hexenkeller, den man aufsuchen und sich Gänsehaut holen kann, schweift der Blick über schier endlose Felder. Kleine Teiche und Seen, hingeduckte schwarzgrüne Gehölze in Haufen und Reihen. Es folgt am Weg Alt Rehse,

ein wirklich schönes Dorf, wenn nicht eine Altlast unser Gemüt belastete.
Ein künstlich geschaffenes Dorf aus unserer schrecklichen Vergangenheit. Das Dorf soll germanisch sein, die hübschen reetgedeckten Fachwerkhäuser, Gauen zugeordnet, tragen Aufschriften wie: „errichtet im Jahre 3, im Jahre 4“ und so weiter. Das sollte für ein „Tausendjähriges Reich“ taugen und war doch nach zwölf Jahren mit Schmach und ewiger Schande zusammengebrochen. Ein Glück für die Menschheit, dass es kein Und-so-weiter gab!
Tausendfach ging hier vergiftete Frucht von den Lippen scheinbar honoriger Ärzteschaft. Spuren unsagbarer Verbrechen an Mitmenschen sind in einem Museum dokumentiert.
Wir wenden uns ab und wandern noch einmal ins Tal hinunter zu dem einst bitterarmen und von den Einheimischen gar nicht gemochten Umsiedlerdorf Neu Wustrow. Vertriebene aus dem fernen Osten versuchten hier, nach der entsetzlichen Nazizeit und mörderischer Flucht ein neues Leben aufzubauen. Eine Flüchtlingsfrau wird zitiert: „Ist sich letztes Loch vor Hölle“.
Arrogant und dümmlich hieß bei Einheimischen der Ortsteil „Klein Korea“.
Heute ist Neu Wustrow und nebenan auch Wustrow ein gesuchtes Naherholungsgebiet mit Ferienhäuschen zuhauf. Unser Rundweg um den

See führt nun nur noch eben hin über eine herrliche Kastanienallee zum Förstersteg, dann folgt Gatsch Eck, Buchort bis zum schneeweißen Teehäuschen, Belvedere genannt. Von dort kann ein jeder den See noch einmal grüßen. Unten liegt Broda mit einem Klosterrest, auf einem Hügel das Amtshaus. Ein Stück hin erstreckt sich die Stadt der vier Tore, baumumkränzt, von Wällen umgeben, Neubrandenburg.

Ich unterbreche meine Wanderung aber in Wustrow und rudere eben mal kurz zur Fischerinsel hinüber. Sie liegt Wustrow vor der Haustür, trägt ein Fischerhaus, das lange schon kaum bewohnt ist. Mein Tollenser aber, der mir gewiss alles über den Fluch der Fischer erklären kann, wird bestimmt darin campieren.

So ist es. Kaum ein ganzes Klopfzeichen an der Tür, und ich höre ihn die Treppe hinab poltern. Nun erzählt er ohne Pause von Ausgrabungen, von Spuren einstiger Brücken, von Wegen zur Lieps mit ihren Kietz- und Hanfwerder. Er zeigt mir spärlich beschilfte Flächen im Quadrat, die kaum natürlichen Ursprungs sein können. Gestikulierend und referierend treibt er mich über die Insel, wo Holzstummel im Wasser von Befestigungen zeugen, Keramikscherben im Kilo von ihm aus dem Ufersand geborgen wurden. Und er verweist auf die doppelköpfige Gottheit der hier siedelnden Slawen, Obergott Swantewit, der böse Tscher-

nebog, Lado, die Göttin der Liebe, die Schelmen Nel und Did... Er krault seinen fast bis zum Gürtel hinab reichenden Bart und schwört darauf: „Hier lag Rethra, das sagenumwobene slawische Heiligtum! Glanzvoll mitten im Wasser, geschützt vor Feinden, an denen es ja nie mangelt."
„Irgendwann ist es allerdings geschleift worden."
„Dat is so gahn", begann der Tollenser erneut zu berichten: „Selten ist unser See zugefroren. Er ist zu tief, hält die Wärme in der Tiefe fest. Einmal aber, als gerade Brandenburger aus waren, das Heiligtum zu schänden, geschah es vor vielleicht tausend Jahren. Über das Eis kamen die Horden mit Feuer und Schwert. Damit war es um Rethra geschehen. An den verkohlten Stammenden hier überall ist das hüt noch zu sehen. "
„Über das Eis, sagst du. Das ist mein Stichwort. Sag mal, du kennst doch die Sage vom Fluch, weil die Fischer am Weihnachtstag fischten."
„Dat is so'n Seggen vonne Lüd."
„Bitte, du weißt, Plattdüütsch is nich mein Ding."
„Denn wull ich dat so dütlich verkloren, dat ein Sachse mich versteht."
„Thüringer bitte."
„Dat is Jack wie Büx."
„Ik hab darüber gelesen in uralten Schriften. Hab sie alle durchgeackert, ein Jahr lang! Dat der See wegen des Fluches nie mehr zufriert, ist Legende. Wir sind oft genug über das Eis hin

und her spaziert. Pferdewagen sind darüber kutschiert. Weißt, mit den Fischern war dat so: Der Geist, der den Fluch am Wihnachtstag ausgerufen hatte, war ein Mönch vom Brodaer Kloster. Der hinterlistig Kierl schlug den Fischern vor, sie könnten den Fisch im Kloster abgeben und so Vergebung vom Frevel erlangen.

Gesagt getan. Sie brachten die Fische zum Kloster, erhielten sogar einige Groschen dafür. Als sie dat Kloster mit ihrer leeren Fischkiep verließen, kamen sie an einem eisenbeschlagenen Opferstock vorüber, und ein begleitender Mönch erklärte ihnen: „Sobald das Geld im Kasten klingt, eure Seele aus dem Fegefeuer in den Himmel springt.“

Gottesfürchtig wie Fischer nunmal sind, glaubten sie, und schon klirrten ihre Groschen in der Truh.

Wie sie aber da so noch standen und darauf warteten, dass ihre Seele nun springe, sah der Mönch in beider Fischer Hosen sich etwas ausbeulen. Es bewegte sich sogar etwas irgendwie vorn in den Hosen. Der Gottesdiener wurde rot, erblasste dann, bekreuzigte sich mehrfach und flüchtete Hals über Kopf hinter seine Klostermauern. Er fürchtete nicht weniger, als dass Beelzebub jeden Augenblick den Fischern aus der Hose springe und ihn zu Sünde verführe. Unsere Fischer, im Lichte eben erlangter Vergebung, liefen lachend ein Stück Wegs, schauten sich um und zogen beide jeweils

einen stattlichen Karpfen aus der Hose. Ein Festmahl für ihre Familien.
Das allerdings war in den letzten Tagen des Brodaer Klosters. Luthers und Bugenhagens Worte drangen auch in diesen Winkel Mecklenburgs. Fünfzehnhundertdreiundzwanzig hörte das Volk eine erste reformierte Predigt in ihrer Marienkirche. Die Stunden aller Klöster im Norden waren gezählt, ein Stück Aufklärung brach sich Bahn.

ENDE

Liedtexte in Anlehnung an zeitgenössische Lieder.

Der Autor Volker Keßling

Lebensstationen:

Am 7. Januar 1939 in Zöschen/Merseburg geboren als 12. Kind der Familie.
Lehre als Forstfacharbeiter. Sportsoldat, 1959 Deutscher Mannschaftsmeister im Biathlon, Armeemeister im Mehrkampf.
Wegen fehlender Bereitschaft, Mitglied der SED zu werden, Entlassung beim ASK Oberhof, Bauhilfsarbeiter in Rostock 1960 bis 61.
1961 bis 64, Studium am Institut für Lehrerbildung in Weimar.
1964 bis 66, Lehrer an den Sonderschulen in Rossleben und Bad Frankenhausen.
1967 bis 69, Studium der Sonderschulpädagogik an der Humboldt Universität zu Berlin.
Bis 1974 Direktor der Sonderschule Artern. Übersiedelung nach Neubrandenburg. Leiter von Tagesstätten für geistig schwer behinderte Kinder und Jugendliche, Fachberater beim Bezirksarzt.
Aufnahme in den Schriftstellerverband 1987. 1990 Austritt aus dem Verband.
1989 bis 91 pädagogischer Leiter des Förder- und Pflegeheimes der Diakonie, Weitin.
1991 bis zum Ruhestand Behindertenbeauftragter im Büro des Oberbürgermeisters der Stadt Neubrandenburg.

Bisher erschienen:

Tagebuch eines Erziehers
1980, Verlag Neues Leben

Rene ist mein Bruder
1986, Kinderbuchverlag Berlin;
1990 Jungbrunnen Verlag, Wien/München

Rene und die 66
1992, Jungbrunnen Verlag, Wien/München

Tod in Kruscherow
1997, Verlag am Park, Edition Ost

LQI: Ein Kindheitstrauma
2002, edition frischer, Frankfurt/Main

Das Mikadoprinzip
2006, BS-Verlag-Rostock

Draußen am See
2006, BS-Verlag-Rostock

Abrechnung – Eine Deutschstunde
2011, Verkannten-Verlag Berlin

Märchen von edlen Steinen
2015, BS-Verlag Rostock

mecklenbook
Wir machen Bücher

Kriminalakte Neubrandenburg
Das Schaudern ist hier!

Es waren grausige Funde, die die Bewohner der Viertorestadt über Wochen in Atem hielten. Hier ein Schenkel, dort ein anderes abgetrenntes Körperteil, die plötzlich im Tollensesee oder umliegenden Gewässern auftauchten. Der Mord an einer Frau und deren brutale Zerstückelung sorgen bis heute für Gesprächsstoff - zumal der Kopf noch immer nicht gefunden ist. Aber es hat sich noch viel mehr zugetragen. Die „Kriminalakte Neubrandenburg" liefert Lesestoff nicht für schwache Nerven.

Jetzt auch erhältlich:
Kriminalakte Müritz,
Kriminalakte Vorpommern

Witwer Luwi
und die Frauen

Witwer Ludwig folgt schweren Herzens dem Vorschlag seiner Kinder, doch in die Stadt zu ziehen - auf seine alten Tage. Ludwig nimmt Abschied und quartiert sich in der kleinen Wohnung einer Seniorenresidenz ein. Dort lernt er Rosi, seine freundliche Nachbarin, kennen. Bald wissen alle in der Umgebung, dass er Frankfurter Kranz liebt. Weil er Wasserhähne reparieren kann, kommt er gut rum und kennt bald alle betagten Damen im Haus. Seniorensport, Seniorenreisen, ein Besuch in der alten Heimat, all das meistert Ludwig mit Bravour, spitzer Zunge und Humor. Er lernt dabei manche, noch recht gut erhaltene Dame kennen - und es prickelt durchaus. Am Ende die Wendung: Ludwig bekommt einen Anruf, und alles kommt anders als gedacht...

www.mecklenbook.de

IMPRESSUM

HERAUSGEBER
Nordkurier Mediengruppe
Friedrich-Engels-Ring 29, 17033 Neubrandenburg

TEXT
Volker Keßling

FOTONACHWEISE
Originalaufnahmen:

Cover	Elke Enders
Innenteil	Thomas Beigang (10); Elke Enders (49, 72, 88, 92, 95, 96, 97, 98, 101, 106, 111, 118, 126); Sebastian Haerter (36, 64, 66); Paulina Jasmer (85, 124); Hartmut Nieswandt (125); Andreas Segeth (05); Reinhard Wehden (07, 09, 67); Udo Zander (91, 117) Bildverfremdung/Retroeffekt über Photoshop
Autorenfoto	privat (134)

REDAKTION
Elke Enders

GESTALTUNG
Ines Patro

DRUCK
D & S Druck & Service GmbH

Herausgegeben 2016